~俺だけのユニークギフト
『自宅』は異世界最強でした~
クラス転移したら、
なぜか引きこもりの俺まで
異世界に
連れてかれたんだが
1
Author しんこせい
Illust. 森沢晴行

CHARACTERS
鹿角勝
▶ギフト『自宅』
メリッサ
▶ギルドの受付嬢
バリエッタ
▶屈強な老騎士

御津川晶
▶ギフト『覇王』
聖川和馬
▶ギフト『勇者』
有栖川未玖
▶ギフト『聖女』

（とりあえず、出し惜しみはなしでいく）
俺はいつものように左手でドア設置の
力を使い、右手で魔法発動の準備を終える。
「食らいやがれ——
ジャッジメントレイ！」

クラス転移したら、なぜか引きこもりの俺まで異世界に連れてかれたんだが

1

~俺だけのユニークギフト『自宅』は異世界最強でした~

Author しんこせい
illust. 森沢晴行

CONTENTS

Kurasu Ten-i shitara nazeka
Hikikomari no Oremade Isekai ni
Turetekaretandaga

第一章　クラス転移には、引きこもりも含まれるようです

俺の名前は鹿角勝《かづのまさる》。

どこにでもいる普通の高校生……ではないか。

だって俺は、高校に行ってないんだから。

といっても、別にいじめられたりしたわけじゃないんだ。

学校に行かなくなった理由は……未《いま》だに自分でも上手《うま》く説明することができない。

——元々俺は、人間同士で競い合う今の社会の仕組みというやつがあまり好きじゃない。

けど真面目に取り組んでいるだけで自然と成績は上がっていくから、勉強は比較的得意な方だった。

だから俺は親の勧めに従って試験を受け、私立の有名進学校に通うことになった。

高校生活はそれほどつまらないわけじゃなかった。

けど一年生を半分ほど過ぎた頃、ある日突然思ったのだ。

俺は本当にこのまま、一生戦い続けなくちゃいけないんだろうか……と。

この世界は、競争でできている。

高校受験で競い、大学受験で競い、就職活動で競いこれで終わりかと思ったら、次は会社の中での競い合い……。

永遠に競争に身を置かなくちゃ、上に上がっていくことはできない。

当たり前といえば当たり前なこの事実がどうにも上手く消化できずに、俺はあまり勉強をしなくなった。

そして気付けば、学校に行かなくなっていた。

どうにも争うのに疲れたというんだろうか。

なので適当なところで退学し、高卒認定を取ってからそこそこの大学に行き、そこまで争わずとも生きていける公務員試験でも受けようかなと思っていた。

けれどそんな俺のライフプランは、一瞬で崩壊することになる。

なぜなら俺は——ある日突然、クラス召喚に巻き込まれてしまったからだ。

「——というわけで君達《たち》一年一組の皆は、異界の勇者を呼び出すための勇者召喚の儀によってグルスト王国に転移することになったんだ。とりあえずここまでの事情は理解できた？」

「な、なんとか」

俺の前で転移が行われるに至ったまでの事情を説明してくれているのは、二十代前半くらいに見える金髪の美少年だ。

長い髪を一つにまとめたその姿は正《まさ》しく、ヘレニズム期の彫像のように美しい。

俺はハリウッド俳優も顔負けの端整な顔立ちの彼と、なぜかちゃぶ台を囲んで話をしている。

なんでも彼は世界を管理する神様なのだという。

といっても地球ではなく、俺達が呼び出されることになった剣と魔法の異世界アリステラを支配する神様ということらしいけど。

「あ、もしよければお茶飲んでよ。せっかく入れたからさ」

「そ、それじゃあ……いただきます」

ちゃぶ台の周囲には、真っ白い空間が広がっている。

温かい二つのお茶が置かれ、手前にある一つを手に取った。

よく見ると、茶柱が立っていた。

ちらと向こう側の湯飲みを見ると、あちら側にも茶柱が立っていた。

なんていう確率だろうと思い驚いていると、それを見た神様がふふんと自慢げに胸を張った。

「どうかな、わかりやすいかと思って使ってみたんだ。これは『確率操作』といってね。簡単に言えば自分が弄《いじ》りたいと思った事象の確率を変えることができるギフトなんだ」

「は、はぁ……」

俺を見て神様は、はぁと小さくため息。

ギフトって聞いたら普通の少年なら目を輝かせるんだけどな……って言われても、正直反応に困る。

競馬ができるならお金を無限に増やせるかもしれないけど、俺まだ未成年だしさ。

「とりあえず事情はわかりました」

「おお、わかってくれたかい」

グルスト王国は現在、魔王と呼ばれる魔物の王が使役する魔物による被害に苦しんでいる。これ以上の被害を防ぐために彼らが苦肉の策として頼ったのは、既に王家の伝承として残っているだけの勇者召喚の儀だった。

わらにもすがる思いで発動させてみると……それが俺達獅子川《ししがわ》高校の一年一組をまるごと転移させる召喚魔法として発動したのだという。

神様がさっきその時の映像を見せてくれた。

教室全体を覆うような巨大な魔法陣が生まれたかと思うと、俺の知っているクラスメイト達が目映《まばゆ》い光に包まれていた。

「いくつか質問をしてもいいですか?」

「もちろん」

「そもそも数多《あまた》のクラスがある中で、どうしてうちの獅子川高校の一年一組が選ばれたんでしょう？」

「それは君が一番わかってるんじゃないかな。簡単に言えば君達のクラスには、才能を持っている子——英雄の卵達が沢山いる。それに、『勇者』適性を持つ聖川和馬《ひじりかわかずま》君がいるっていうのも大きいかな」

「転移ときて次は『勇者』ですか……」

聖川和馬——聖川財閥の跡取り息子で、成績優秀。

サッカー部は彼の力でインターハイに出たし、全国模試の順位も一桁から落ちたことがないという。

文武両道の権化《ごんげ》のような人間だ。

それに加えて人柄も良好ときたら女の子達が放っておくわけもなく、クラス内では既に和馬ハーレムが築かれていたりする。

人生三周目とかじゃなくちゃできないだろってくらい、この世の全てを手に入れた男だ。

血のつながっていない義理の美人妹がいて、裸を見られたせいで許嫁《いいなずけ》として名乗りを上げている有名な武家の娘がいて、それ以外にも何人もハーレムメンバーを抱えている。

たしかに彼以外にも、俺達のクラスにはダンガ〇ロンパかよと思うくらい才能のある人達が揃《そろ》っている。

どうやら俺達は彼らの異世界適性が高すぎるせいで、一緒に異世界に連れて行かれることになってしまったらしい。

いや、それはいい。

いいか悪いかで言うと全然悪いんだけど、まあそこはよしとしよう。

もっと重大な問題が目の前に転がっている。

「……俺、引きこもりなんですけど？」

「日本の引きこもり問題は深刻だよね。なんでも百四十万人を突破したとかこないだニュースで言ってたよ」

「いや、そういう一般論は今はどうでもよくて」

あの時クラスにいたクラスメイト達がまるごと転移するというのは、わかる。

何せ引きこもっている間はすることもなかったら、よくネット小説とかを読んだりしてたし。

そういう物語の中でも、クラスがまるごと異世界に転移したりすることもないではなかったからだ。

けど俺はあの時、普通に自宅にいた。

エアコンをかけながらポテチをむさぼり、今期の覇権アニメである『錚々《そうそう》たるシュトーレン』を見て、ああシュトーレン食べてぇ……と呟《つぶや》いていたのだ。

どう考えても、あの召喚の魔法陣からは外れていたはずである。

「引きこもりであっても、君は一年一組。つまりはグルスト王国が使った勇者の召喚魔法には、そんな風に判定されたってことだよ」

「……」

つまり一応はクラスに在籍していたため、実際に登校していなくてもあの召喚魔法の効果に入れられてしまったということらしい。

こんなことになるんなら、さっさと退学しておけば良かったと思っても後の祭りである。

後悔先に立たずという言葉は、きっとこういう時のためにあるんだろう。

「どうやら納得いってないようだけど……一応僕は、君のことを助けるために、わざわざこうしてやって来たんだよ？」

「助けるため……ですか？」

「うん、君と勇者の召喚魔法の魔法陣は少しばかり離れていたからね。最後まで魔法が発動したら魔力が足りず、君の上半身だけがアリステラに……なんてことにもなりかねなかった」

「怖っ！　上半身だけ異世界転移て！」

俺の反応を見てケタケタと笑う神様。

案外感情表現が豊かなようで、大笑いする彼の目尻には、わずかに雫《しずく》が溜《た》まっていた。

「あーおかし……まあでも、そんな風に魔法陣が不完全だったおかげで僕が入り込む隙間ができた。通常であれば勇者の召喚魔法で転移する際、魔法陣を通り抜ける時に自動でギフトが与えられるんだけどね。君の場合は魔法陣と僕の時空魔法の合わせ技で転移することになるから、手動で設定が可能なんだ」

今から行く剣と魔法の異世界アリステラには、ギフトという元から持っている先天的な異能が存在する。

通常であればもらえる確率は千分の一以下らしいが、勇者召喚の魔法陣を通る場合それが100％の確率で後天的に付与されるんだと。

ギフトの力が、異界の勇者が強いという伝承が残っている一番の理由なんだとか。

けれど俺の場合、あの魔法陣を完全に通ってはいないため、このままだと自動でギフトを付与されるようなこともなく、異世界に行くことになってしまうらしい。

それをかわいそうに思った神様が、ゴッドパワーで好きなギフトを一つくれるということらしい。

「——ありがとうございます！」

「うんうん、お礼を言われると悪い気はしないね。ちなみに、これがギフト一覧だよ」

そう言うとちゃぶ台の上に、一冊のノートＰＣが現れる。

画面にずらーっと並んでいるのが、俺が取得できるギフトの一覧のようだ。

どうやら検索や並べ替えまでできるようになっているらしい。
とりあえずは上から見ていくか。
えーっと……。

『勇者』……使用不可
『覇王』……使用不可
『剣聖』……使用不可
『賢者』……使用不可
『聖女』（女性のみ）……使用不可

えっ⁉
上の方に並んでいる明らかに強そうなギフトは、軒並み使用不可になっていた。
悲しみに打ちひしがれながら顔を上げると、片目をつぶりながら神様が謝ってくる。
「ごめん、強制力的な問題で、既に付与されてるギフトは選べないんだ」
つまりこれらのギフトは、既に俺のクラスメイト達《たち》に与えられているということ。
『勇者』が聖川和馬君。
『覇王』は多分、和馬君の幼なじみの不良の御津川《みとがわ》晶《あきら》君。

『剣聖』は和馬ハーレムの古手川《こてがわ》朱梨《あかり》さん。

『賢者』は……誰だかわからないな。

そして男の俺では取れない『聖女』も、既に誰かが取っているようだ。

といっても、俺のクラスメイト達分なわけだから、付与されているギフトは合わせて三十。

ギフトはとんでもない量の種類があるらしく、手のつけられていないものも山ほどあった。

「ちなみにギフトの中には、まったく使えないものも結構多いよ。君達の世界で言うところの、ハズレアってやつ？」

「その単語は一部の界隈《かいわい》でしか使わないと思いますよ」

けど……どうするのがいいんだろう。

『龍騎士』や『召喚師』なんかは残っているものの中では明らかに強そうだ。

そしてそういったゲーム的にいうところの天職みたいなものばかりじゃなく、『体力回復』や『火魔法』といったステータスや技能に補正をかけるものもある。

『呪い耐性』なんかを持って呪いの武器を使いこなすなんて選択肢もありそうだ。

ギフトの幅は、本当に広い。

スクロールしてもなかなか終わりが見えないくらいに多様性がある。

そして神様が言うとおり、明らかに外れなギフトらしきものも多数あった。

この『爆発（膝）』ってどんなギフトなんだろうか。

本当に膝が爆発するのか……？

「膝が物理的に爆発するよ。膝に爆発属性を足す感じだね」

「こ、心を読まれた!?」

「まあ神様ですから。読心術くらいはお手の物だよ」

どうやら神様は結構寛大なようで、俺がする質問にも気軽に答えてくれる。

ステータスオープンといえば自身のステータスが見られることや、向こうの世界での常識のことなんかも教えてもらうことができた。

どうやらあちらの世界では、手に入れた能力はスキルという形で可視化されるらしい。

「たとえばこの『召喚魔法』と『召喚師』であればどっちを取った方がいいんでしょうか？」

「僕のオススメは『召喚師』だね、魔法系と天職系だと最終的には天職系が強くなるから。『召喚魔法』のギフトは召喚魔法がめちゃくちゃ達者になるギフトで、『召喚師』は召喚に関連する周辺領域の魔法や能力、技能を色々使えるようになるギフトだ。最初の数年は『召喚魔法』の方が強いけど、何年も研鑽《けんさん》を積んでいくと最終的には『召喚師』が総合力で上回るようになるよ」

他の魔法関連のギフトもそうらしい。

『火魔法』のギフトを取れば火魔法が達者になるが、『火魔法使い』のギフトを取れば火魔法を使うのに必要な辺縁の能力も手に入る。

ざっくり分けるならスタートダッシュをかけたいなら魔法系のギフトを、長いことやっていける自信があるなら天職系のギフトを選ぶといいらしい。

「ちなみになんですけど、召喚魔法を使って自分を地球に召喚したりはできますか？」

「うーん……魔王を倒せるくらいまで極めれば、いけなくはないかも。そこまでいった人がいないからなんとも言えないかな」

「地球のものを召喚することは？」

「それならできると思うけど……かなり鍛えても手乗りサイズくらいのものを持ってくるのが限界かなぁ」

どうやら一度異世界に行ってしまえば、もう地球に戻ることは難しいらしい。

そう言われると、急に異世界に行くということが現実味を帯びてくる。

途端に身体《からだ》がブルブルと震え、その振動がちゃぶ台とノートＰＣをガタガタと揺らしていた。

いきなりハードモードすぎだろ。

俺、ついさっきまで引きこもりだったんだぞ。

自慢じゃないけど、ここ最近外に出たのだって先月コンビニにアイスを買いに行った時くらいなのに。

話を聞いた感じだと、アリステラの国の文明は中世くらいで、街道にも盗賊や魔物が出現するみたいだ。

いくらギフトが与えられるとはいえ、ぬくぬくとした現代日本で引きこもりをやっていた俺がすぐに順応してやっていけるようになるとは到底思えない。

翻訳機能はついているって話だから言語の問題はないらしいけど、それ以前の問題で俺が人と上手《うま》いことコミュニケーションを取れるかと言われれば、間違いなく否である。

久々だから相手の目を見て話せないだろうし、そもそも挙動不審になる自信しかない。

「だ、大丈夫だって！　大抵の人はなんとかやってけるもんさ！」

「それってなんとかやっていけない人もいるってことですよね？」

「うぐっ、まぁ……中には志半ばで倒れる人も多い……かな？」

神様の言葉を聞いた俺は、震える指先でなんとかキーボードを打ち込む。

ギフトは諸条件から検索をすることも可能だということは、さっき見た時にわかった。

俺は衝動に任せて、ある検索ワードを打ち込む。

『引きこもったままの生活が可能なギフト』。

そんなものがあるわけないと思いながら一縷《いちる》の望みにすがってエンターキーを押すと

——フォンッという音と共に一つの候補が現れた。

現れたのは、隠しギフト『自宅』の文字。

隠し……ギフト？

「隠しギフトっていうのは……ギフトを授かる瞬間に強い思い入れがある者だけが発現させることのできる、再現性のないギフトのことさ。『自宅』のギフトが出たのは……ええっと今から何百年前だったっけ……」

「これにします」

「——ええっ!?　ちょ、ちょっと待って——」

俺は神様からの制止を振り切って、カーソルをはいに合わせてクリックした。

強力なギフトなんかいらないし、激戦に身を投じたいとも思わない。

そもそもうちのクラスには『勇者』も『覇王』も『剣聖』も『賢者』も『聖女』もいる。

俺なんかがわざわざ頑張って戦わなくても平気なはずだ。

世界を救うのは、彼ら英雄の卵達に任せればいい。

そう考えると少しだけ気分が楽になってきた。

さっきまでより開けた視界で、ぐぐっと身体を伸ばす。

自宅

すると自分の身体が透け始め、徐々に感覚がなくなっていくのがわかった。

多分だけど、転移の時が近付いてきたってことなんだろう。

「――ああっ、もう！　隠しギフトを再現させるのは大変なんだよ!?　結構神力を使わなくちゃいけないし……まあやっちゃったことはしょうがないけどさあっ！」

「ご迷惑をおかけします」

「いいよっ！　ただ僕も頑張るんだから、君もこのギフトを使って世界を救ってね！」

「……？　何を――」

「ふふ、一つだけ教えてあげるよ。以前このギフトを発現させた男はね――」

なぜか楽しそうな顔をしている神様の言葉を最後まで聞き終えることなく、俺は意識を失うのだった。

◇◇◇

クラスの中で談笑をしていたと思った瞬間、一年一組の面々は突如として現れた謎の魔法陣の光に包まれ、意識を失った。

そして次の瞬間には、彼らはきらびやかな空間の中にいたのだ。

「おお、まさか本当に……」

やってきたのは、見たこともないような石造りの部屋の中だった。

そして自分達《たち》を観察するように見つめているのは、重たそうな甲冑《かっちゅう》を着ている大男達と、モノクルをかけた神経質そうな男。

「ここは、一体……？」

皆が不安げな顔をしている中で一歩を踏み出したのは、黒髪を短く切り揃《そろ》えた少年――文武両道の努力する天才、聖川和馬《ひじりかわかずま》だった。

彼の視線が、周囲を取り囲んでいる男達へ移る。

両者の視線が交差し、あわや衝突するのではというところで、その間を遮るように一人の少女が現れる。

「お待ちしておりました、勇者様！」

恐ろしいほどに整った顔をした彼女の名はミーシャ・ツゥ・グルスト。

彼女は自らをグルスト王国の第一王女と名乗り、父である国王陛下から勇者一行を出迎える役を授かったのだと和馬とその後ろにいる一年一組の面々へ聞こえるように告げた。

事前に準備をしていたからだろう、今回の勇者召喚について語り出す彼女の口調によどみはなかった。

「ここは今まであなた方がいたのとはまったく異なる異世界です。この世界には魔王がおり、凶悪な魔物を従えることで人間達を討ち滅ぼそうとしているのです！」

魔王による侵略は日々続いており、人間達は劣勢に陥っている。

そんな現状を打破するためにグルスト王国が行った起死回生の一手が、勇者召喚なのだと彼女は告げた。

ギフトを授かっているであろう皆様方に、我々のことを救ってもらいたい。

そう言って締めたミーシャを見る和馬の視線は冷めていた。

勝手に呼び出され戦えと言われても、そんなにすぐに心の準備ができるはずもない。

思わず抗議しようかと思う和馬だったが、後ろにいるクラスメイト達からの声に毒気を抜かれてしまう。

「勇者だって」

「おい、これってもしかしてさ……」

「ステータスオープン……ってうおっ!?　マジで出たぞ！」

後ろの方から聞こえる興奮している声。

そのあまりのうるささに後ろを振り返ってみると、クラスメイト達は何やら光の板のようなものを見ながら騒いでいた。

彼らが呟《つぶや》いている言葉を、和馬も呟いてみる。

「ステータス、オープン？」

すると彼の前にも、光の板が現れた。

心なしか……というか明らかに、他のクラスメイト達よりも板の光量が高かった。

〜〜〜〜〜〜〜〜〜〜〜〜〜〜〜〜〜〜〜〜〜〜〜〜〜〜〜〜〜〜〜〜〜〜〜〜

【聖川和馬】
ＬＶ１
ＨＰ　１２０／１２０
ＭＰ　25／25
攻撃　52
防御　49
魔法攻撃力　72
魔法抵抗力　33
俊敏　50
ギフト『勇者』
スキル
光魔法ＬＶ４　火魔法ＬＶ３　風魔法ＬＶ３
水魔法ＬＶ２　土魔法ＬＶ２　肉体強化ＬＶ３

〜〜〜〜〜〜〜〜〜〜〜〜〜〜〜〜〜〜〜〜〜〜〜〜〜〜〜〜〜〜〜〜〜〜〜〜

和馬の前に現れた板には、何やら数値が並んでいる。

それを横から見た王女ミーシャが、その目を輝かせる。

彼女はごく自然に和馬の腕を取ると、その豊かな双丘を押しつけてくる。

「素晴らしいです、和馬様ッ！　しかもＬＶ１でこのステータスにスキル……流石《さすが》『勇者』のギフト持ちですね！」

彼女の説明によると、一般的な成人男性はＨＰ30前後、各種ステータスは10前後が普通ということらしい。

おまけに魔法の使い手の極めて少ない光魔法まで含めて五属性も使えるときている。

「ＬＶ１でこれほどまでに高いステータスなんて、人生で一度も見たことがありません！」

ミーシャがとろけたような顔で和馬のことを上目遣いで見つめてくる。

美人には慣れている和馬だったが、それでも思わず生唾を飲み込んでしまうほどに、ミーシャは魅力的な女性だった。

和馬がくるりと振り返ると、皆の視線が彼に集まる。

このクラスにおいて、彼の発言は絶対と言ってもいい。

聖川財閥の跡取りとして親に帝王学や人心掌握術を叩《たた》き込まれた和馬の言葉には、思わず頷《うなず》いてしまうような説得力がある。

彼が言うことなら正しいのだろうと、そう納得できてしまうのだ。

全てにおいて結果を出し続けている彼を否定することは難しい。

なぜならそれ以上に結果を出すことなど、常人には不可能だからだ。

このクラスにいる者達は高校生にして、絶対的な格差というものを理解しているのである。

「僕は目の前で困っている人達を、放っておくことはできない。だから可能であれば、この王国のことを救うことができたらと思っている」

「わ、私も和馬に賛成だ。困っている人がいるのなら、助けなくてはいけないと父様も言っていた」

「そ、そうです！　私もお義兄様《にいさま》の言うことに従います！」

「わ、私はどんな時だって和馬君と一緒だよ！」

凛々《りり》しく立っている和馬の隣に、次々と女の子達がやってくる（ちなみにミーシャはまだ胸を腕に押しつけたままだ）。

いわゆる和馬ハーレムと言われている美少女達は、異世界の騎士達ですら思わずため息をこぼすほどに粒ぞろいだった。

数百年以上続く武家の出身である古手川《こてがわ》朱梨《あかり》。

とある事情から聖川家に養子としてやってくることになった義理の妹である聖川藍那《あいな》。

そして現在ティーン雑誌で専属モデルをしており、ハーフロリっ娘《こ》モデルインフルエンサーとしてフォロワー数五十万人以上を誇る御剣《みつるぎ》エレナ。

「そ、そうだよな。せっかく手に入れた力なんだから、しっかり誰かを助けるために使わないと！」

「エレナちゃんの言う通りよ、皆頑張りましょう！」

絶世の美女揃いである彼女達がそう言えば、好かれたい男子達は調子の良いことを言い出す。

そしてクラスカーストで頂点に君臨している者達の言葉を女性陣も無視することはできず、あっという間に王国に力を貸す流れで話はついた。

「けっ、薄ら寒ぃ……覚悟もねぇくせに粋がりやがって」

熱の籠もった空気で魔王打倒を掲げる和馬率いるクラスメイト達を眺めている人影があった。

金髪を逆立たせながら、胸ポケットに入れているタバコに火をつけている自他共に認める不良少年——御津川晶《みとがわあきら》だ。

タバコを吸い出したことに文句をつけようとした騎士も、彼に一目睨《にら》まれれば引き下がってしまうほどに威圧感がある。

高校生とは思えないほどの恵体を持っており、その身体《からだ》は巌《いわお》のように鍛えられていた。

信用ならない王国なんぞの飼い犬になることはまっぴらごめんだったが、親友である和馬を見捨てるわけにもいかない。

(何にせよ……力がいるな)

己のステータスを眺めギフト欄にある『覇王』の文字を見てから、強く拳を握る。

騎士が恐れるほどの闘気を発する彼だったが、隣で座り込んでしまっている少女を見ると、晶はガシガシと頭を掻《か》いた。

その姿は、ただの学生にしか見えない。

「未玖《みく》、泣いてても事態は変わらねぇぞ」

「うっ、ぐすっ……」

晶の隣で座り込んでいるのは、有栖川《ありすがわ》未玖だ。

獅子川《ししがわ》高校で開催されているミスコンで一年生ながらに優勝をしてみせた彼女は、何かを握りしめたまま泣いていた。

くりくりとした黒目は大きく見るものを魅了して離さず、ふるふると震える長いまつげは、庇護欲《ひごよく》をそそらずにはいられない。

御津川が和馬を除いて唯一対等と認めている、芯のある女性だ。

未玖がなぜ涙をこぼしているかというと……その理由は、彼女の胸の中にある。

そこにあったのは——血だらけのパジャマであった。

「鹿角《かづの》は死んだんだ、受け入れろ」

「勝《まさる》君は死んでなんかいない！　きっと今も、どこかで生きてるっ！」

藍那やエレナと仲が良く、いつも一緒に行動しているが故に和馬ハーレムの一員として見られている少女だが、未玖は別に和馬が好きなわけではない。

むしろあれだけ女に言い寄られているにもかかわらずミーシャまでハーレムメンバーに加えようとしている和馬には、軽い軽蔑さえ抱いている。

そんな彼女には、実は思い人がいた。

その人物はもう三ヶ月以上学校に来ていなかったクラスメイトの、鹿角勝だ。

けれど本来であればこの場に来ているはずの勝の姿はない。

見たことのあるパジャマが血まみれになっているのを見て言葉を失っていた未玖に、王女ミーシャがその理由を滔々《とうとう》と語った。

「クラスにいなかったクラスメイト……ですか。今この場にいないということは……私達の力が及ばず、すみません……」

この場に来られなかったということは、遠隔地から強引に召喚されたせいで、不幸な事故に遭ってしまった可能性が高いという。

血だらけのパジャマだけがここにあるのは、恐らく召喚魔法の負荷に身体が耐えられなかったから、ということだった。

けれど未玖は彼女の言葉を信じなかった。

女は女の演技を見抜く。

ミーシャの悲しそうな表情が偽りのものであることを、未玖は一瞬で見抜いていたからだ。この王女は勝が死んだことに、欠片《かけら》ほども後悔を感じていない。

そんな人間の言葉など、何一つ信ずるに値しなかった。

（私はまだ……勝君の死体をこの目で見たわけじゃない）

天然なところもある未玖だが、その芯は晶が認めるほどに強く、そして曲がらない。

彼女は一度、ゆっくりと深呼吸をして精神を落ち着けた。

泣いているだけではダメだ。

立ち上がった時その瞳には、決意の炎が燃えていた。

「ステータス、オープン」


～～～～～～～～～～～～～～～～～～～～～

【有栖川未玖】
LV1
HP　50／50

ＭＰ　42／42
攻撃　22
防御　54
魔法攻撃力　33
魔法抵抗力　22
俊敏　25
ギフト『聖女』
スキル
光魔法ＬＶ６　水魔法ＬＶ４　魔力回復ＬＶ２
～～～～～～～～～～～～～～～～～～～～～～～～～～～

先ほどのミーシャの話では、光魔法を極めれば身体の欠損ですら治せるラストヒールという魔法も使えるようになるらしい。

つまり勝がどれだけ深い傷を負っていても、未玖の光魔法のＬＶが高ければ治すことができるのだ。

「私はこの世界のどこかにいる勝君を捜し出す。そして傷ついた彼を、私の光魔法で癒やしてみせる。死んでたとしても、死者蘇生《ししゃそせい》を覚えて生き返らせるわ」

「……ふっ、そうかよ」

薄く笑う晶は、己の友が再び立ち上がったことを喜びながら、高そうな絨毯《じゆうたん》にタバコを放り投げ、ぐりぐりと踏んで炎を消した。

完全に立ち直った未玖は、ミーシャの言葉に耳を傾けてぽーっと顔を赤くしている男子達《たち》と、自分達が悲劇のヒロインになったと思い込んでいるクラスメイト達を冷静に見つめていた。

「人を殺しかねないような召喚魔法を平気で使ってくる王国は、信用できないわ」

「それに関しては、俺も同感だ」

「いざという時にすぐに国を出られるよう、力をつけるわよ」

「おう」

こうして様々な思惑が交差しながら、一年一組の面々は勇者として王国に迎え入れられるのであった——。

◇◇◇

「まさか自分の腸《はらわた》を目の当たりにする時が来るとはな……なんかぽんぽん痛い気がする……」

先ほど俺の身に起こったことを話そう。

まず神様と出会ったあの空間から戻ると同時に、俺は謎の異空間の中へと突入することになった。

そして次の瞬間には自分の身体がまるで製造工場の飴《あめ》のようにぐるんとねじ切られそうになり、俺の身体から大腸らしき物体Xがボロンと出てきた。

けれど痛みを感じるよりも早く全身が発光し……気付けば俺は、謎の空間にやってきていた。

……しかも、なぜか上半身裸で。

そう、今の俺は上裸なのだ。

けどそんなことはどうでもいい。

なぜならそんなことより重大な問題があるからだ。

「『自宅』のギフト……なかなかすさまじいな……」

今俺がいるのは、恐らくクラスメイト達がいるであろう王城の中でもなければ、危険極まりない魔物が跋扈《ばっこ》する薄暗い森の中でもない。

俺が居るのは――自宅だった。

既にここに来てから三十分前後は経《た》っているため、家の中の調査は終わっている。

ここまでに把握できたことがいくつかある。

まずこの家は自宅に似ているだけで、あくまでも自宅ではないということ。

その証拠にベランダから外を見ても真っ暗な空間があるだけであり、少し先も見えないほどのまっ暗闇が広がっていた。

多分だけどここはギフトで作られた特殊な空間か何かなんだろう。

家の中には一通りの食料が揃《そろ》っており、試してみたところ、電気・ガス・水道のライフライン類は通っていた。

ただネット回線は通っておらず、動画やネット小説を読んだりすることはできない。

現在自宅に貯蔵されている食料は無洗米の米が三十キロほどに大量の冷凍された肉や魚介類、そして母さんが買ってきた大量の激安ロールパンや賞味期限が切れかけのレトルト類もざっくざく。

父さんがふるさと納税をしまくり母さんが某会員制スーパーで買い物をしまくるタイプだったので、とりあえずしばらくの間食料には困らなそうだ。

これだけあれば余裕で一年……いや切り詰めれば二年はもつはずだ。

賞味期限とかはちょっと心配だけど。

しかし魔法の世界だからなんでもありと言われたらそれまでだが……至れり尽くせりだな。とりあえず色々と考えられる精神的な余裕ができた。

って、そういえば家の中の確認に夢中でまだステータスを見てなかったか。

「ステータスオープン」

【鹿角勝】
ＬＶ１
ＨＰ　１２０／１２０
ＭＰ　１０２／１２０
攻撃　25
防御　45
魔法攻撃力　78
魔法抵抗力　58
俊敏　20
ギフト『自宅』ＬＶ１
スキル
光魔法ＬＶ１　火魔法ＬＶ１　水魔法ＬＶ１
土魔法ＬＶ１　雷魔法ＬＶ１　時空魔法ＬＶ３

これは、うーん……強いのか？

ゲーム的な感じならLV1時点でのステータスとしては高い気もするが、俺達は勇者として召喚されたわけだし、これでも一年一組全体で見たら下から数えた方が早い……なんてこともあるかもしれない。

ただ、魔法を既に六属性会得してるっていうのはすごいんじゃないだろうか。

時空魔法に関しては、既にLVが3まで上がってるわけだし。

というか、MPが既に減ってるな。

あれか、もしかして『自宅』のギフトって中に入ってるだけでMPを使うんだろうか。

だとしたら問題だな、ここらへんは要検証だ。

「しかし、魔法のスキルがあるって言っても、どうやって使えばいいのか……ってこうやって使えばいいのか！」

火魔法を使いたいと念じた瞬間に、まるであらかじめやり方を知っていたかのように自然に魔法の扱い方がわかる。

とりあえず家の中でぶちかますのはあれだから、ベランダから外に目掛けて打つことにする。

「ファイアボール！　ウォーターバレット！　アースランス！　ライトニング！」

LV1の魔法を放ってみるが……何も起こらなかった。

見ればMPも減少していない。

この空間では魔法が使えないってことなんだろうか？

「ファイアボール！　ファイアボール！　ファイアボール！　ファイアボール！」

とりあえずやけになって連打しようとするが、それでもまったく変化はなし。

どうやら自宅の中では魔法は使えないと考えた方が良さそうだ。

まあ自宅が便利すぎるからな、何かしらの制限があるのは当然っちゃ当然……ぐぅ～～。

思考をぶった切るかのように、主張の激しいお腹《なか》の音が鳴る。

……そういえば転移前って、ちょうど昼飯時だったっけ。

さっきまでそれどころじゃなかったので気付かなかったが、かなりお腹が空《す》いてるみたいだ。

鏡で見たら髪の毛もテッカテカだったし、一旦飯食って風呂入ってから今後のことについて考えることにするか。

「……あれ？」

風呂から上がり、MPはどれくらいのペースで回復するかを確かめようと再度ステータスを見てみる。

するとスキル欄に、風魔法ＬＶ１が新たに生えていた。

それに先ほど食事の間に回復したＭＰがまた減っていて、大体トントンくらいになっている。

この空間では新しく覚えた魔法は使えなかったはずだし、風魔法風魔法……もしかして。

一度洗面台に戻り、ドライヤーをコンセントに差し込んだ。

そして強風を出してみる。

再度ステータスを確認してみると……予想通り、ＭＰが１減っていた。

「つまりこの自宅の中にあるものは、ＭＰを消費させることで動いていると……」

おまけにあのドライヤーの件からもわかるように、ただ家電を動かすだけでどうやら魔法のＬＶを上げるために必要な経験値が溜《た》まっていくようだ。

水を出して洗いものをしてから、再度米を炊く。

それぞれでＭＰが１ずつ減る。

どうやら何を使っても、ＭＰは１ずつ減っていくらしい。

対して回復するＭＰは、およそ十分で１くらい。

家電なんてそんな頻繁に動かすことはないだろうから、とりあえずＭＰ切れに関しては心配しなくても良さそうだ。

ただどうやら明かりは点《つ》ける度にＭＰを消費するみたいなので、点けっぱなしにしておくことにしよう。

一日かけて調べてみたが、どうやら待機電力や使用中の電力についても気にする必要はないらしく、本当にオンオフだけで判断をしているらしい。

なので暖房はつけっぱなしにしてもすぐに消しても消費MPは1で変わらない。

そして一日かけて、変化が起きた。

俺のステータスを見てほしい。

〜〜〜〜〜〜〜〜〜〜〜〜〜〜〜〜〜〜〜〜〜〜〜〜〜〜〜〜〜〜〜

【鹿角勝《かづのまさる》】

LV1

HP　120／120

MP　112／130

攻撃　25

防御　45

魔法攻撃力　78

魔法抵抗力　58

俊敏　20
ギフト『自宅』　ＬＶ１
スキル
光魔法ＬＶ２　火魔法ＬＶ１　風魔法ＬＶ１
水魔法ＬＶ２　土魔法ＬＶ１　雷魔法ＬＶ２
時空魔法ＬＶ３
〜〜〜〜〜〜〜〜〜〜〜〜〜〜〜〜〜〜〜〜〜〜〜〜〜〜〜〜

ＭＰと光・水・雷魔法のＬＶが上がっている。

神様の説明では、ＭＰというのは魔法を使い続ければ上がるということだった。

これは俺の推測だけど、家の中で各種電化製品を動かしたりして『自宅』というギフトを使い続けているという状態が、魔法を使い続けていると判定されているんだろう。

つまり俺はただ普通に生活をしているだけで、魔法の練習をしている状態になっているわけだ。

多分、効率自体もかなり高いはずだ。

常識的に考えれば、スキルのＬＶってこんな簡単に上がるものじゃないと思うし。

「それならとりあえず自宅で引きこもりながら力を溜めて……十分に力をつけてから、外に出よう」

魔法と同様、『自宅』のギフトの使い方も既に頭の中には入っている。

この自宅から出る方法は一つ。

それは——玄関のドアを開けること。

ガチャリとドアを開けば、その先に広がっているのは異世界だ。

ちなみにどこに繋《つな》がっているかは、現在だと完全にランダムなようだ。

自分の任意の場所にドアを設置するためには、『自宅』のギフトのLVを上げる必要があるらしい。

この『自宅』は、いわば俺の城だ。

『自宅』には俺に対して害意を持つ生き物が入ることができない。

つまり何かあっても『自宅』に逃げ込んでしまえば、ついてくることはできないということだ。

「魔王が出てくるような世界観なわけだから、力が必要。でも可能なら、クラスメイトの皆との合流も目指したい……」

一瞬、脳裏にクラスメイトの姿がよぎる。

何度も家に来てくれた有栖川《ありすがわ》未玖《みく》さんの笑顔を思い出す。

彼女は異世界でも上手《うま》くやっていけているだろうか。

なんにせよ、この力があればクラスメイト達《たち》に快適な生活を提供することも可能。

まずは彼らと合流できるよう、強くなりながらギフトのＬＶを上げていくことにしよう。


——そして、一ヶ月の月日が経過した。


「よし……行くか」

父さんが着ていたインバネスを羽織りながら、俺は身軽なままドアノブに手をかける。

再現度が高すぎるあまり加齢臭まで完璧に再現されていたので、既にスプレーを使って消臭済みだ。

ずっと自宅で生活していたからなかなか開けられないかとも思ったが、別にそんなこともなく。

ドアは抵抗もなくガチャリと開く。

その先に広がっていたのは——草原だった。

なんだかちくちくしそうな尖《とが》った葉が並んでおり、遠くにはそれを食《は》んでいる魔物の姿も見える。

『自宅』ギフトのＬＶが上がり、ドアの設置場所を王国の首都……本来であれば俺が転移されていたエリア周辺に指定することができるようになったおかげか、魔物の脅威度もさして高くはなさそうだ。

「行ってきます……って言っても、またすぐに帰ってくると思うけど」

そう言ってドアの向こう側へ向かう俺の足取りは重い。

久しぶりに外に出るからか、身体《からだ》がガチガチに緊張していた。

緊張をほぐすため、俺はこの一ヶ月間の成果を呼び出すことにする。

「ステータスオープン」


～～～

【鹿角勝】
ＬＶ１
ＨＰ　１２０／１２０
ＭＰ　６０４／６１８
攻撃　25
防御　45
魔法攻撃力　83
魔法抵抗力　61
俊敏　18
ギフト『自宅』ＬＶ３

スキル
光魔法ＬＶ10（ＭＡＸ）　闇魔法ＬＶ5　火魔法ＬＶ7
風魔法ＬＶ8　水魔法ＬＶ9　土魔法ＬＶ2
雷魔法ＬＶ10（ＭＡＸ）　氷魔法ＬＶ5　時空魔法ＬＶ10（ＭＡＸ）
～～～～～～～～～～～～～～～～～～～～～～～～

正直半月くらい経《た》って『自宅』のＬＶが上がった時点で外に行けるようにはなっていたのだが、出たくないという気持ちと可能な限りＬＶを上げておきたいという思いで、ずるずるとここまで延びてしまった。

今朝俺の『自宅』のＬＶが３になったところで、一念発起して家を出る覚悟を決めた。

ここから俺の異世界生活が始まるんだ。

久しぶりに人と話すと思うと、なんだか緊張するな。

というかクラスメイトの皆は無事だろうか。

俺は少しだけぎくしゃくしながら、異世界への第一歩を踏み出すのだった――。

第二章　異世界アリステラ

少し塗装の剝げたドアは、俺が通るとスッと音もなく消えていってしまった。

後ろを振り返ってもそこには何もない。

なるほど、自宅を出るとこうなるのか……。

ちなみにもう一度呼び出そうとすると、問題なく自宅を出現させることができた。

草原の中に自宅が建っているように見える様子は、非常にシュールだ。

ステータスを見て確認してみると、自宅を呼び出すのに必要なＭＰは20だった。

特に回数制限とかもないので、キツくなったり死にかけたりしたらすぐに自宅に引きこもろうと思う。

なんならちょっと嫌なことがある度に自宅で英気を養うくらいのつもりでいいかもしれない。

引きこもりが突然異世界でやっていくわけだから、慎重すぎるくらいでちょうど良いだろう。

ちなみに今の俺の格好は、恐らくこの世界の標準からすると大きくズレているはずだ。

一応それっぽい服を意識して、上は無地の白シャツ、下は色落ちしたダメージジーンズにしてある。

寒いかと思い父さんのインバネスを拝借してきたが、普通に暑い。

けどわざわざ外套《がいとう》を置くために20ものＭＰを使うのもアホらしいし、ここは我慢すべきところだろう。

ちなみに足には、通学していた頃に履いていたスニーカーだ。

通気性が良く薄く作られているので、歩いていてもまったく重さを感じない。

定期的に防水スプレーをかけているため、汚れもほとんどついていない。

「おぉ……めちゃくちゃ緑だ……」

そんなアホっぽい感想しか出てこないくらいに、俺は目の前の光景に飲み込まれていた。

足の裏から感じる、大地のずっしりとした感触。

さわさわと風でこすれ合う草の音、そして遠くから聞こえてくる鳥の鳴き声。

漂ってくる、妙に青臭い匂い。

そこに雨が降った時のような、土のような匂いも混じっている。

日本に住んでいてはお目にかかれないような大自然だ。

こうやって自然に包まれていると、いかに自分がちっぽけな存在なのかを思い知らされる。小さなことにこだわって家に引きこもってた自分がバカみたい……とまで、簡単に割り切れたりするほど単純でもないけれど。

それでもなんだか少しだけ、心が軽くなった気がした。

「にしても広いな……地平線の先までずっと緑だ。流石《さすが》異世界……」

異世界に来ても自宅に引きこもっていたせいで、明らかに多くなってきている独り言を呟《つぶや》きながら、周囲の様子を観察してみる。

俺がやってきた草原はどうやらかなり広いらしく、左右を見渡しても終わりは見えない。

というか……あれ？

なんか俺、視力良くなってないか？

遠くのものにもめちゃくちゃ簡単にピントが合うぞ。

目を凝らすと、とんでもなく遠くに生えている草の葉の葉脈までしっかりと見える。

ギリギリ眼鏡をかけなくて済んでいた俺の視力は、自分でもびっくりするくらいに良くなっていた。

多分だけど1・0とかじゃなく、2・0とか3・0くらいはあるんじゃないだろうか。

それ以外にも、身体にいくつか変化があった。

軽く身体を動かしてみると、なんだか自分が思ってたよりずいぶんと動きのキレがいいのだ。

「一ヶ月引きこもってたせいで俊敏が2も下がっているとは思えないくらい、身体がよく動くな」

どうやら俺の肉体は、異世界にやってきたことでスペシャルなものに変わったらしい。人間辞めたり拳で岩を砕いたりはできなそうだけど、少なくとも五十メートルを六秒台で走れそうなくらいにはスペックが上がっている。

あるいは神様が肉体を再構成してくれたおかげなのかもしれない。

何から何までありがとうございます、神様。

軽く空に祈りを捧《ささ》げると、こちらに向けてサムズアップしている神様の幻影が見えた気がした。

「ブヒイイイイッッッッ!!」

「――な、なんだっ!?」

祈りの時間が終わり持ってきた菓子パンでも食べようかと思っていると、突如として大きな音が鳴る。

思わず身を伏せながら、音源を探る。

……異世界に降り立った感動ですっかり忘れていたけど、ここは魔物の生息する剣と魔法の世界。

危険度は現代日本と比べれば段違いなのだ。

今の俺はＬＶ１。

もし『ＬＶは１００になって一人前なんですけど？　ＬＶ１が許されるのは小学生まで

だよね〜！』みたいな世界観だったら、いきなり詰んでもおかしくないのだ。

視線が通るようにわずかに顔を上げると、思わず生唾を飲み込んでしまった。

「ブフゥ……」

遠くに見えるのは着ぐるみのように大きな豚の頭にものすごく体格の良い人間の肉体をくっつけたような見た目をしている、異形の化け物だった。

あれが……魔物。

聴力が上がっているせいか、息づかいまでしっかりと聞こえてくる。

その見た目は、ファンタジー小説でいうところのオークにそっくりだった。

にしても初めての邂逅《かいこう》は、人じゃなくて魔物か……。

いざとなれば自宅に戻れるってことはわかっているんだけど、緊張で身体がガチガチになってしまう。

気付けば手のひらに、ものすごい汗をかいていた。

引くか、それとも戦うか。

慎重に選ばなくちゃいけない。

「フゴッ」

ある程度近くにはいたはずだけど、俺ほど視力がよくなかったからか、オークがこちらに気付いた様子はない。

オークは手に大きな芋虫のような虫を摑《つか》んで、興奮しながら鼻をふごふごとさせていた。

どうやら虫は獲《と》りたてほやほやのようで、うねうねと動いている。

ていうか、あの虫もずいぶんとデカいな……子犬くらいはありそうだぞ。

俺に気付いたわけじゃなくて、少しホッとする。

多分だけど、さっきの叫び声はごちそうである巨大芋虫を見て思わず出てしまったものなんだろう。

あのオークはもしかするとオーク界のグルメレポーターなのかもしれない（絶対に違う）。一心不乱に芋虫を躍り食いするオークを見つめる。

今のところあいつの意識は完全に芋虫に向いている。

もしかしなくても、これは不意打ちをするチャンスじゃないか？

いきなり実戦というのは少し怖いけど、せっかくだし自分の魔法の威力をたしかめておいた方がいいのは間違いない。

……よし、とりあえずヒット&アウェイ戦法でいってみることにしよう。

俺は立ち上がり、オークに向けて右手を、左手を後ろに向ける。

そして左手で『自宅』のギフトを発動。

亜空間にある自宅を呼び出し、左手でドアノブを握り、そのままドアを開く。

すぐに逃げ込める状態を整えてから、右手で魔法を放つことにした。

とりあえず相手がどれだけ強いかわからないから……今俺が使える中でも一番強い魔法でいくか。

俺が練り上げるのは、雷魔法がＬＶ10になると使えるようになる、今の俺が放てる最強の雷魔法。

自宅の中では魔法は使えなかったので、俺がしっかりと魔法を使うのは正真正銘これが初めてだ。

というか……初めて使うけど、使うまでに大分時間がかかるんだな。

準備するだけで十秒はかかってるし、誰かに時間を稼いでもらうこと前提の魔法なのかもしれない。

「――グングニル！」

雷魔法グングニルは、強力な雷の槍《やり》を射出する魔法だ。

魔力によって槍の形に成形された雷が、レールガンの要領で雷による更なる加速を受け、超高速で射出される。

上手《うま》いこと倒せればいいなと思っていたんだけど……結果は、想像以上だった。

ドッッゴオオオオオオオオオオッッ！！！

俺が放った雷の槍が、ものすごい音を立てながら飛んでいく。

槍はオークの身体《からだ》を貫通し、一瞬でオークの身体を炭化させた。

そして貫いてもなおその勢いはまったく衰えずに、そのままものすごい勢いで草原を突き抜けていった。

バリバリと帯電しながら周囲に衝撃波を撒《ま》き散らしているおかげで、ものすごい勢いで通り道にある草が焼け焦げていき、グングニルが通った場所だけ重機で掘り起こされでもしたかのようなものすごい惨状になっている。

今の一撃の音と光があまりに強かったからか、先ほどまで地面で種をついばんでいた鳥達《たち》は一斉に飛び立ち、先ほどオークが食べていたデカ芋虫が地中からすぽぽぽーんと飛び出してくる。

「……ちょっと、過剰すぎたみたいだ」

雷魔法が悪かったのか、ＬＶ10の魔法を使ったのがいけなかったのか……多分後者だろう。

……とりあえず、ＬＶ10の魔法はしばらく封印だ、うん！

「どっちに進めばいいのか見当がつかなかったけど……とりあえずグングニルが飛んでいった方に進んでいくことにしようか」

世界広しといえど、進む道がわからない時にグングニルを放った方に向かおうとするのは俺だけだろう。

もしかすると俺の魔法攻撃のせいで、人なり建造物なりに被害を出してしまっているか

もしれない。

何も起きてないといいんだが……と恐る恐る歩いていくと、幸運なことに人的な被害は出ていなかった。

そして一つ、奇跡が起こった。

なんとグングニルの進路をなぞっていくと——明らかに人の手の入っている道が見えてきたのだ！

ちなみにだけど、道はグングニルの衝撃波で少しめくれ上がってしまっていた。

なので俺はあまり得意ではない土魔法でそっと直し、何事もなかったかのように進んでいく。

道を破壊してしまったという事実は、墓場まで持っていくことにしよう。

そして道なりに歩いていくことしばし。

オークやゴブリンなんかはＬＶ１の魔法でも十分倒せることを確認しながら進んでいると、なんだか大きな街が見えてきた。

多分だけどあれが……グルスト王国の首都であるグリスニア。

——俺達一年一組を召喚した国の首都であり、本来であれば俺が転移するはずだった、因縁の場所だ。

グリスニアは街全体をぐるりと石壁で囲まれている、いわゆる城塞都市というやつだった。

なんでも魔物の襲撃に対応するために、こんな作りにしているんだとか。

一般に開放しているのは東西南北四つの門。

西と北の街道で他領とつながっているため、その二つの門だけは往来が常に多いらしい。

この二つの門は商人達の行列でいつも賑《にぎ》わっていて、二時間三時間待ちもざらだという話だった。

ちなみに西に続く街はいわゆる迷宮都市というやつらしく、アリステラにはダンジョンも存在しているらしい。

一応ダンジョンは首都にもあるらしい。

大したお宝が出ないからか不人気らしいけど……。

……っと、話を戻そう。

東を進んでいくとまずは草原が、次に森が広がっており、そこを抜けてから更に先まで行くとかつて王国が順調に開拓をしていた頃にできた開拓村に続いている。

なので東門は基本的には仕事をしに来た薬師や冒険者くらいしか通ることはない、不人気門なのだという（ちなみに俺がやってきたのは、この東門だ）。

南へ進むとどうなるかというと、海へたどり着くようだ。

ただ水棲《すいせい》の魔物がかなり強力らしく、今のところ港町は作れていないのだという。

え、俺がなんでそんなことを知っているのかって？

それはだな……。

「――っとまぁ、首都の説明はこんな具合だな」

「な、なるほど……ご親切にありがとうございます」

門番続けて二十年、ベテラン衛兵であるバンズさんが手取り足取り首都のことを教えてくれたからだ。

俺がやってきたのは東門。

そして来る時に服で怪しまれないよう、家にあった一番ぼろい服を、わざと縫製をズタズタにしたものに着替え済みだ。

更に言えば俺は両親以外と久しく話してこなかったため、現在極度のコミュ障状態。

それらの要素が全て奇跡的に噛《か》み合い……バンズさんは俺のことを命からがら開拓村から来た、冒険者志望の夢見る若者だと勘違いしてくれたのだ！

バンズさんは人見知りをしない質《たち》らしく、明らかに挙動不審な俺に対しても気さくに話しかけてくれた。

おかげで俺も、そこまで緊張せずに話をすることができる。

「開拓村から来たってことは、やっぱり冒険者志望かい？」

「え……ええ。危険だろうとなんだろうと、お金を稼がなくちゃいけないので」

「くうっ、若さが眩《まぶ》しいぜ……」

目を細めながら手で庇《ひさし》を作るバンズさんのコミカルな動きに、笑みがこぼれた。

この世界にも冒険者が存在していることにホッとしながら、とりあえず話を合わせておく。聞いてみた感じ、この世界でも魔物の討伐などをするのは冒険者で間違いないようだ。

荒事メインの何でも屋、くらいの認識だろうか。

色々ともめ事を起こすことも多いため、衛兵のバンズさんからすると彼らの存在は悩みの種らしい。

「でもいいんでしょうか、こんなに色々としてもらって……」

「いんだよいんだよ、親切は受けられる時に受けとけって」

俺が通行料の銅貨一枚を持っていないことを知ると、バンズさんは力強く肩を叩《たた》いて、俺に銅貨を渡してくれた。

「未来の大冒険者への先行投資と思えば安いもんさ」

そう言って自然に笑っている彼の表情を、きっと俺は生涯忘れることはないと思う。

情報だけじゃなくお金まで……ありがとうバンズさん、この恩は忘れません。

もしちゃんと金が稼げるようになったら、何かプレゼントでもして恩を返せたらと思う。

俺はアリステラの人の優しさに触れながら、冒険者ギルドへと向かうのだった——。

そもそも宿に泊まるつもりもないため、宿探しはせずにそのまま冒険者ギルドへと向かう。幸いその建物はグリスニアでもかなり目立つ一等地にあるため、すぐに見つけることができた。

重厚な扉を開いて中に入る。

するとそこにあったのは……ギルドというもののイメージそのままな、混沌《こんとん》のるつぼだった。

奥を見れば、にっこりと愛想笑いをしている美人の受付嬢がいる。

良くなった耳が拾ってくれたが、どうやらディナーの誘いを断っているようだ。

併設されている酒場では、傷に乱暴に塗り薬を塗って応急処置をしただけの冒険者らしき男が、酒を呷《あお》っていた。

何時《いつ》死ぬともわからない危険な仕事だから羽目を外したくなるのもわかるけど、ちょっとワイルド過ぎると思う。

少し離れたところには素材を査定しているギルド職員がいて、手前側に置かれているボードには受注可能な依頼が張り出されている。

神様が言っていた通り、全て日本語ですらすらと読むことができた。

えっと、冒険者登録をするのは……あの受付カウンターでいいのかな？

先ほどディナーを断っていた受付嬢さんがテキパキと処理をしている列の最後尾に、俺も並ぶことにした。

すると……ガシッ！

いきなり肩を摑《つか》まれる。

後ろを振り返るとそこには――強面《こわもて》の大男の姿があった。

「おいそこのガキ、お前まさか……冒険者志望だなんて言わねぇよなぁ？」

男の体軀《たいく》はずいぶんと大きい。身長は二メートルはありそうだ。

頭はツルツルのスキンヘッドで、頭から頬にかけて大きな傷があり、強面に拍車をかけている。

背中にかけているのは無骨な大剣で、着ている革鎧《かわよろい》は使い込まれなければ出ない、革製品特有の光沢を発していた。

恐らくはかなりのベテラン冒険者だろう。

態度にちょっと思うところもあるけれど、一応先輩は敬っておくべきだ。

「はい、冒険者になろうと思って都会に出てきました」

「――かあっ、やめとけやめとけ！　大方田舎から出てきて夢を見てるクチだろうが、おめぇみたいなひょろっとしたガキに冒険者なんざ務まるわけがねぇ！」

ベテラン冒険者のおっさんが、バシバシと俺の肩を叩いてくる。

間違いなくあざになってるだろって思うくらいに力を込められ、思わず顔が歪《ゆが》んだ。

その手を払いのけ、そのまま服ごしにＬＶ２の光魔法であるヒールを発動させる。

じんわりと現れる光が、肩の痛みをじんわりと取っていってくれる。

ふぅ……と一度大きく息を吐き出してから、ゆっくりと顔を上げた。

相手を敬っておこうなどという考えは既になくなっていた。

「……ガキじゃない、これでも十六歳だ」

俺のモットーは、『優しくしてくれた人には優しく』だ。

キツい態度を取ってくるっていうんなら、こっちも相応の態度を取らせてもらう。

もちろんいきなりこの場で戦ったりするつもりはない。

どうするか迷ったけど……荒事をこなす冒険者っていうのは、面子《メンツ》や信用が何より大切なはずだ。

つまりこれから冒険者としてやっていくのなら、同業者に舐《な》められるわけにはいかない。

ここはいっちょかましておかなくちゃ、だな。

「ライトニング」

ここに来るまでに魔物相手に何度も試したおかげで、今ではＬＶ１の魔法であればある程度自在にコントロールすることができる。

俺は雷魔法ＬＶ１のライトニングを今できる最小の魔力で発動させ、微弱な雷を指の周りに巡らせた。

どうだハゲちゃびんめ。

これを見れば「な、何ッ!? お前は魔法使いだったのか!?」的な展開になって、上手《うま》くこの場を切り抜けられ……。

「おいおいそれってまさか……光魔法か!?」

「……? いや、違う。光魔法はさっき使ったやつだ。これは雷魔法で……」

「か、雷魔法だとおっ!? おまけに光魔法まで!? ——おい皆っ、とんでもねぇルーキーが現れやがったぜ!!」

さっきまで俺のことを見下していたハゲのおっさんは、気付けばとんでもない大声を出しながら周りの皆の耳目を集めていた。

当然ながら彼らの視線は、指に蛇のように雷を絡ませている俺に集中する。

「雷魔法だと、冗談も大概に……っておい、あれってまさか……?」

「ねぇねぇ、光魔法使えるって本当!? それなら是非お姉さん達《たち》のパーティーに……」

「ええいっ、何を言っている! ここは魔法使いである僕ら『黎明《れいめい》の夜明け』に譲りたまえ!」

恥ずかしくなって雷を消すと、ものすごい勢いで周りに冒険者の人達が集まりだした。

……引きこもり卒業ほやほやの俺に、この量の視線は致死量なんだが? (吐血)

めっちゃ見られたり指笛を鳴らされたり、勧誘を受けたり……思っていたよりずっと温かい感じの雰囲気に慣れずにゴリゴリとSAN値を消費していると、ようやく俺の番が回ってくる。

美人の受付嬢さんが、少しだけ引きつった笑みを浮かべながらぺこりと頭を下げた。

「すみません、さっき話をされていた冒険者の方はカイビキさんと言いまして。昔から冒険者志望の子達に心構えをつけさせるのが好きという変わった趣味を持っており……」

「あれですか？　もしかして見た目は怖いけど中身はいい人的な……」

「――ええっ！　ええそうなんです！　見た目は怖いかもしれませんけど、本当にいい人ですから！　もし冒険者をしていて困ったことがあったら、カイビキさんに遠慮なく聞いてあげてくださいね、本人も喜びますので！」

どうやら一発かましたろうと思っていた俺の行動は、全てが空回りに終わったらしい。

……どうしよう、一回自宅に戻って態勢を立て直そうかな？（錯乱）

引きこもり特有の後ろ向きな思考を発動させながらどよーんとしていると、先ほどまで愛想笑いを浮かべていた受付嬢さんがキリリとその表情筋を引き締める。

「では改めまして――ようこそ冒険者ギルドグリスニア支部へ。私受付嬢のメリッサと申します。本日は冒険者登録でよろしかったでしょうか？」

「あ……はいっ！　よ、よろしくお願いします！」

ちょっと遠くに飛びかかっていた意識を呼び戻し、ぺこりと頭を下げる。

すると先ほどまで俺の周りにいた冒険者の皆様方が、なぜか拍手をして俺のことを歓迎してくれた。

もっと殺伐とした雰囲気だとばかり思っていたけど……どうやら想像していたよりずいぶんとアットホームな空気感のようだ。

これならあまり人付き合いや競争が得意ではない俺でも、なんとかやっていけるかもしれない。

そんな風に思えることに感謝しながら、俺は冒険者となるための第一歩を無事踏み出すのだった――。

「ではFランク冒険者になられたマサル様に、改めて説明をさせていただきますね」

受付嬢のメリッサさんは笑うとえくぼができてかわいらしい、愛嬌《あいきょう》のある丸顔の女性だ。

たぬき顔をした美人さんで、誰からも嫌われることなんかないんじゃないだろうかってくらい、独特なほんわかオーラを放っている。

ちなみにギルドに登録するには、登録料が銀貨一枚かかった。

当然ながら俺は文無しなので焦ったが、どうやら後払いでも問題はないらしい。

地味に、人生で初めての借金だ。

あ、あと登録名は本名のマサル・カヅノでいくことにした。

後々のことを考えると偽名を使った方が良かったかもしれないけど……つい試験の時の癖で自分の名前を書いてしまったのだ。

「しかし姓をお持ちとは……もしかして極東のお貴族様の生まれだったりしますか？」

「あはは、まさか」

さっきから会う人会う人ヨーロッパ的な彫りの深い顔立ちの人ばかりだったので内心ではビクビクしていたんだけど、どうやらこの世界では黒髪黒目はさほど珍しくはないらしい。

なんでも極東にあるエイジャという国の出身者は、皆黒髪黒目らしい。

「では、まず冒険者ランクの仕組みについてですが――」

無事冒険者になることができたので、メリッサさんから冒険者になるにあたって必要な説明を受ける。

その内容は、ざっくり言うとこんな感じだ。

まず冒険者というのは、F～Sまでランクによって分けられている。

そしてランクは純粋な強さというより、依頼の達成率や知識の専門性などを加味したギルドへの貢献度によって決められるものらしい。

なので極めて危険度の高い森での採取依頼を確実にこなせる、回避に特化したAランク冒険者というのもいれば、それとは対照的に戦闘能力は高いけれど、問題を起こしているせいでDランクからまったく上がれない腕利きなんかもいるようだ。

当然ながら説明の内容はランク以外にも多岐に渡っていた。

冒険者は基本は負け損であり、基本的に冒険者同士の諍《いさか》いにギルドは介入をしないこと。依頼を達成できなかった場合は報酬額と同額の支払いをペナルティとして命じられること。また何度も依頼を失敗してしまうとランクを落とされたり、最悪の場合はギルドから除名になってしまう可能性もあるということ。

要は身の丈に合った冒険者ライフをということです、と締めてからメリッサさんがなぜかドヤ顔で胸を張る。

ご立派なお胸がぶるんと揺れ、後ろにいる冒険者が生唾を飲み込む音が聞こえてきた。

「マサル様、パーティーを組む時はランクに惑わされないように気をつけてくださいね」

「はい、わざわざありがとうございます」

どうやらメリッサさんもバンズさん同様俺を田舎出身の冒険者志望と考えているようで、彼女の視線はなんだかとても優しかった。

別に俺のことをからかっているわけでもなく純粋に心配してくれているようで、なんだか少しこそばゆいような感じだ。

「あ、そういえば道中魔物を狩ってきたんですけど、買い取りをお願いしてもいいですか？」

「はい、問題ありません……が、冒険者は命が大事。いくら魔法が使えると言っても、あっけなく死ぬこともあります。さっきも言いましたが、今の自分のランクに見合った活動を行うよう心がけてください。ギルドにある資料室で、魔物図鑑は一般公開していますから」

「は、はい……ご忠告、痛み入ります」

「えっとそれで……魔物の素材は一体、どこに？」

「あ、ここに」

俺は時空魔法ＬＶ３で習得できるアイテムボックスを使い、収納していた魔物を取り出す。いきなり死体をここにぶちまけるのが非常識なことくらいはわかるので、倒した時と変わらぬ血まみれのオークの頭部を、スッと耳が出るくらいだけ出してみせた。

「これなんですけど、どこに出せばいいんでしょう？」

「……お、驚きました。まさか『収納袋』まで持っているとは。稀少《きしょう》属性を複数使え、高価な魔道具まで……もしかしてマサル様の正体って……いやいや大丈夫です。私には全てお見通しですからね！」

メリッサさんは何やら妄想を膨らませているようで、ふふふと怪しく笑い出し始めた。

全てを見通されたりすると非常に困るのだが……まあ楽しそうだから、好きに推測してもらえばいいか。

でも魔道具か……ライトニングを見せた時とは違って、時空魔法が使えても驚かれたりはしないんだな。

もしかすると時空魔法って、光魔法や雷魔法よりももっとレアだったり？

いや、あるいはその『収納袋』ってやつが、かなりメジャーになってるってことなのかな。とりあえず色々と把握するまでは、『収納袋』を持ってるってことにしておいた方が無難そうだ。

メリッサさんに場所を教えてもらい、ギルドに併設されている解体場へ。

「おう、それならそこに並べてくれや！」

そこにいるいかにも職人といった感じで頭にタオルを巻いているおっちゃんのガタイの良さにちょっとだけビビりながら、スペースの端に立つ。

俺は学習できる男なので、さっきとは違い持っているリュックをさも『収納袋』のようにみせかけながら道中倒してきた魔物を置いていくことにした。

でもよくよく考えるとさっきメリッサさんには虚空から直出《じかだ》ししてるところを見られてるんだよな……装身具型の『収納袋』ですとか適当にごまかせるように、アクセサリーの一つでもつけておくべきかもしれない。

そんなことを考えながら、オークを一匹、二匹、三匹と並べていく。

オークは肉も買い取りの対象になるため、死体まるごと持ってくると結構な高値で売ることができるらしい。

雷魔法や火魔法で倒しているので、ところどころ焦げているけど、まあそれはご愛嬌ということで。

「おいおい兄ちゃん、あんたの『収納袋』とんでもねぇな！」

「オークの死体を丸々五匹!?　こんなの、Aランク冒険者でもなきゃ持ってねぇぞ！」

とりあえず倒したオークを五匹全部出したんだけど、なんだか解体班は大騒ぎしていた。

どうやらゴブリンの方は出さなくて正解だったみたいだ……。

俺の『収納袋』はオーク五匹分と自分に言い聞かせてから、緑色の札をもらう。

明日以降これを受付に渡せば、その場で手間賃を差し引かれた素材の売却費用がもらえるようだ。

実際の討伐以外の面倒ごとは、向こうに丸投げできるらしい。

その分個人で売り捌《さば》くより値段は落ちるらしいけど、かかる手間を考えればまったく問題はない。

そもそも俺がグリスニアにやってきた目的は別に飯を食っていくためではなく、俺と同様に勇者召喚された一年一組のクラスメイト達《たち》の安否を確認することだしね。

しかし何も知らなかったとはいえ、ギルドの中では少々目立ちすぎてしまった。

視線が痛いし勧誘攻勢も怖いので、とりあえず外に出よう。

勇者についての情報を集めるのは、グリスニアでの聞き込みでもできるだろうから。

はぁ、別に戦ったわけでもないのに、なんだかどっと疲れた気分だ。

早く自宅でゆっくり休みたいよ……。


聞き込みは想像していたよりも十倍くらいあっさりと進んでいった。

というのもそもそも王国の側に勇者召喚を隠す気がないらしく、勇者がこの世界にやってきていることが既に周知の事実になっていたからだ。

今から半月ほど前に、王様は民衆を集めて演説をぶったらしい。

『魔物被害にあえぐ我が民よ、安心してほしい！　彼らこそ異界より参った勇者達である！――これより先、我らは魔族に対して攻勢に出る！　勇者殿がいれば、怖いものなど何もない！』

ド派手な身振り手振りで話をしていた王の隣にやってきたのは、精悍《せいかん》な顔立ちをした黒髪黒目の少年だったという。

そしてその隣には、第一王女であるミーシャが仲睦《なかむつ》まじげに立っていたとか。

それって間違いなく……聖川和馬《ひじりかわかずま》君だよな。

主人公適性は高いと思っていたけれど……まさか既に第一王女まで籠絡しているとは。

どうやら異世界でも、彼のハーレムライフは止《とど》まるところを知らないらしい。

でも話を聞いている限り、やっぱり一年一組の皆が最前線に送られるというのは間違いないようだ。

転移する時にギフトを付与されたとはいえ、俺達は所詮進学校に通っていた少しだけ頭のいい高校生でしかない。

そんなに過度な期待を持たれると、後が怖いと思うんだけど……大丈夫だろうか。

一応俺を抜いて三十人——つまり今のところ一人も欠員は出ていないらしいってところは安心できるポイントではあるけれど。

王様はなんでそんな風に勇者達に責任が乗っかるようなことを言ったんだろうかと思い話を聞いていると、きな臭い匂いがどんどんと濃くなってくる。

どうやら今のグルスト王国の国王、イゼル二世はあまり評判の良い王ではないらしい。

どこにでも耳目があるから表立って悪口を言うような人はいなかったが、皆国王の話をする時は露骨に顔をしかめていたほどだ。

王国はイゼル二世に代替わりしてから明らかに傾き始めており、放漫経営のせいでどんどんと景気も悪くなっているらしい。

そして和馬君の隣に立っていた第一王女ミーシャもかなりの浪費家で国王の次に嫌われ者らしく、彼女の発言である『パンがない？　それなら道ばたの草でも食べたらいいじゃない』という名言は、各地で風刺画が描かれるほどに人気を博しているようだ（もちろん皮肉で言っている)。

もしかしたらその非難の矛先を魔王と勇者に向けて、何かあったら勇者をポイっとして民衆のガス抜きに……なんていうのは、流石《さすが》に俺の考えすぎだろうか。

けれどこうして話を聞いている限り、勇者召喚にはどうも色々と裏がありそうだ。

魔王を倒してそれでハッピーエンド、とはいかないような予感がひしひしとしている。

魔族が諸悪の根源って話もどこまで信じられるのかは疑問だ。

なんにせよ情報が足りないな……でもむやみに嗅ぎ回って目をつけられても危険だろうし、今日はこのくらいにしておこう。

一旦落ち着いて明日に備えるためにも、俺は一度自宅に戻ることにした。

誰にも見られないように路地裏に入り、白壁の方を向いて『自宅』のギフトを発動。

自宅があるのは時空魔法で作られている亜空間の中であるため、スペースのないところでもギフトは問題なく発動ができる。

でも俺がどこに泊まっているかがずっと不明というのも、後々問題になりそうな気がする。

ある程度生活に余裕ができたら、カモフラージュのためにも宿には泊まった方がいいかもしれないな。

中に入り靴を脱いでからどさっと一階にあるソファーに座る。

少しだけ落ち着くと、疲れからか身体《からだ》が糖分を欲しているのがわかった。

冷蔵庫からりんごジュースを取り出すと、思わずごくりと喉が鳴る。

辛抱できずにその場で蓋を開け、喉の奥へと流し込んでいく。

「んぐっ、んぐっ……ぷっはー！　労働の後のジュースがしみるなぁ！」

おっさん化しながら五百ミリリットルのジュースを飲み終えると、今度は喉が渇いてきた。

冷蔵庫に入れていた麦茶をコップにいれ、これも一息に飲み干す。

お腹《なか》をたぷたぷにさせてから、自室に戻って人心地つくことにした。

今日は怒濤《どとう》の一日だったな……自宅から外に出て、魔法を打って、そのまま歩いてグリスニアについてから冒険者になって、その後に聞き込みもして……。

色々と考えなくちゃいけないことは多いけれど、とりあえず現状の確認からしていこうか。

「ステータス、オープン」


〰〰〰〰〰〰〰〰〰〰〰〰〰〰〰〰〰〰〰〰〰〰〰〰〰

【鹿角勝《かづのまさる》】

ＬＶ５
ＨＰ　１６０／１６０
ＭＰ　５０１／６５８
攻撃　33
防御　53
魔法攻撃力　95
魔法抵抗力　73
俊敏　26
ギフト『自宅』ＬＶ３
スキル
光魔法ＬＶ10（ＭＡＸ）　闇魔法ＬＶ５　火魔法ＬＶ７
風魔法ＬＶ８　水魔法ＬＶ９　土魔法ＬＶ２
雷魔法ＬＶ10（ＭＡＸ）　氷魔法ＬＶ５　時空魔法ＬＶ10（ＭＡＸ）
～～～～～～～～～～～～～～～～～～～～～～～～～

魔物を倒したことで、ＬＶが上がって５になった。
それにともなってステータスも上がっているのがわかる。

パラメータの上がり方は某乱数を使っているゲームなんかとは違い、非常にわかりやすい。今後もどうかはわからないが、今のところはＬＶが上がるごとにＨＰとＭＰは10ずつ、攻撃防御俊敏は2ずつ、そして魔法攻撃力と魔法抵抗力は3ずつという感じで規則的に上がっていっている。

この上がり幅が高いのか低いのかは、今度誰かと世間話をする時にでも答え合わせをしておく必要があるだろうな。

「しかし大技のグングニルも含めて何度も魔法を使ったから、ＭＰがかなり減ってるな」

起動までにずいぶんと時間もかかってたし、今度しっかりと魔法の練習をしなくちゃいけないだろう。

いくら威力が高いとはいえ、発動までに十秒って長すぎるし。

瞬間的に出すとまではいかなくとも、せめて五秒くらいにはしたいところだ。

今後は近接戦闘の得意な魔物と戦うこともあるだろうから、手数で勝負できるよう出の速い魔法の練習もしなくちゃいけない。

とりあえず最低でも、今の自分が持っている手札の確認くらいはきちんとしておかないといけないかな。

聞き込みをした感じクラスメイトの皆は今のところは大事に扱われているみたいだし、彼らのところに行くのは、今持っている力をしっかりと使いこなせるようになってからでも遅くはないはずだ。

何せもし俺が彼らと会ったら、どうなるかまったく予想がつかないし。

もちろん一月《ひとつき》も経《た》ってから今更会いに行くのが気まずいっていうのがないかと言われれば嘘《うそ》になるけど……現状だと王国に皆がどれだけ取り込まれてるかもわかっていない。

もしかしたら勇者は三十人でいいのだ……とか言われて指名手配犯にされてたりするかもしれないし、俺の力を国のために使えと自宅の物品を全て放出させられるかもしれない。

そして実際問題、今の俺は一人でもかなりの食料を生産できるだけの力があるのだ。

――『自宅』ギフトはLVが上がるごとに新たな力が手に入る。

LVが2に上がった時に手に入ったのは、完全にランダムである自宅の出現場所を行ったことのある場所の付近に固定することのできるドア設置の能力。

そしてつい今朝LVが3に上がった時に手に入った力は……。

「リフレッシュ」

その名をリフレッシュという。

能力の確認のため、俺はMPを消費して念じながら、先ほど飲んだジュースのペットボトルを手に摑《つか》んだ。

すると空のペットボトルがピカッと光りだし……光が収まるとそこには、ペットボトルのキャップも開いていない、完全に新品のりんごジュースが現れる。

――この力はMPを消費することで、俺が使用・消費した自宅内の物品を、以前の状態に戻すことができるというもの。

一度使うごとにMPを消費こそするものの、これを使えば中身を取り出したレトルト食品のパウチや食べ散らかした菓子パンのゴミから、いくらでも食料を錬成できる。

更に言えば使っている家電が壊れてもMPを使えば元の状態に戻せるし、家が壊れても直すことができる。

使用MPはこのペットボトル一本でも20と少々お高いが……このリフレッシュのおかげで、俺が抱えていた食料問題は完全になくなった。

おかげで今では、好きなだけ飲み食いもできる。

けどこの力は……間違いなくヤバい。

この世界の常識に疎い俺でも、いくらでも使える現代アイテムや無限に食える食料品がヤバいということくらいはわかる。

クラスメイトにどこまで話をしていいのかもわからない。

というか自分の身の危険を考えるなら、誰にも言わずにひっそりと自分で使い続けた方が快適な異世界ライフを送れると思う。

『自宅』のギフト持ちであることを誰かに打ち明けるべきか、実は結構悩んでいる。

今でもクラスメイトとの合流を目指してはいるけど、やっかまれたり利用されたりするのは勘弁だし。

まぁでも、そのあたりのことを考えるのはおいおいでいいか。

なんにせよ今日は、疲れた……。

「とりあえず……リフレッシュでMPでも確認していくか」

俺は基本的に、寝る前に魔力を使いきるようにしている。

MPの回復は通常時だとおよそ十分に1の割合だが、寝ているとその回復のペースはかなり上がるようになるからだ。

昼寝だとそれほどでもないんだが、しっかりと八時間睡眠をして起きると、どれだけMPを使っていてもしっかりと全回復するのである。

ちなみにMPが0になるとあらがえないほどの強烈な眠気が襲ってくるため、ここ最近の俺の寝付きはすこぶるいい。

俺はとりあえず今まで食べたものを次々とリフレッシュで戻していき、最後に食べたチョコレートクロワッサンを復元させたところでMPを切らし、そのまま死んだように眠りにつくのだった——。

次の日、起きると当然ながらMPは完全に回復していた。

そしてMPの最大値も2ほど上がり660になっていた。

最初の頃と比べると伸び幅は小さくなったが、やはり毎日着実にＭＰは増えている。

この調子でいけば、ＭＰを使い切れなくなるような日がやってくるのも近いかもしれない。

目覚ましは早めにかけていたので、出ていくのは朝の六時だ。

人目につきにくい路地裏とはいえ、ドア設置の場所が以前よりずいぶんとしっかりと固定できることに気付いた。

どうやら俺が入っていったあの壁のあたりから出ることができるようだ。

確認のためにもう一度出てから入ってみても、やはり問題なく入ることができた。

となると初めて出た時に首都近くと指定したにもかかわらず草原に出たのは、一体どうしてだったんだろう。

異世界に初めて降り立つから、上手《うま》く座標を指定できなかった……的な感じなのかな？

様々な依頼が張り出されるギルドは、基本的には二十四時間営業だ。

ギルド職員さんはしっかり休めているんだろうか、などと考えながら中へ入ると、恐ろしいことに受付には昨日もいたはずのメリッサさんの姿があった。

どうやら異世界では、労働基準法などというものは存在しないらしい。

依頼掲示板に行って受けられそうな依頼を探しに行こうとすると、ちらっとこちらを向くメリッサさんと視線が合う。

挨拶代わりに小さく会釈をすると、彼女はちょいちょいっと手招きをしてくる。

近寄っていくと、昨日の営業スマイルよりもいくらか自然な笑顔で俺のことを出迎えてくれた。

なるほど、これはたしかに破壊力抜群だ。

メリッサさんにアタックしようとする冒険者の気持ちが少しわかった気がした。

「マサル様、昨日ぶりですね。ぐっすり眠れましたか？」

「はい、おかげさまで。今日は依頼を探しに来たんですが……もしよろしければ、色々と教えていただけませんか？」

「もちろんです！　この時間帯のギルドは暇ですからね、時間も有り余ってますし、手取り足取り教えちゃいますよ……それなら私も、楽できますし（ぼそっ）」

俺の異世界イヤーは、ぼそぼそという後半のつぶやきまでしっかりと聞き取っていた。

俺が驚いていると、それを見たメリッサさんが自分の小声が聞こえていたことに驚いていた。

お互い目を見開き……。

「ぷっ」

「あはははっ」

どちらからともなく笑い合う。

最初はかなりお堅い人だとばかり思っていたけど、メリッサさんは結構面白いお人のようだ。

お互いの利害関係も一致したことなので、説明を聞かせてもらう。

メリッサさんはわざとらしくうぅんと喉を鳴らしてから、

「えっと、それじゃあまず依頼の種類について説明をしていくわね……」

何度も説明した経験があるからか、メリッサさんの語り口調はよどみなかった。

依頼にはいくつかの種類がある。

薬草やキノコ類なんかを採ってくる採取依頼。

魔物を討伐する討伐依頼。

誰かに頼まれて街の往来などで護衛を行う護衛依頼。

主な依頼内容はこの三種類に分けられるらしい。

当然ながら、危険度が高ければ高いだけ報酬が良い。

昨日俺がいた草原には、結構色んな種類の薬草が生えているらしい。

特徴を覚えてから判別をして、しっかりと薬草を納品する採取依頼なんかが、駆け出し冒険者には人気が高いらしい。

ただ薬草採取だけだとやはり稼ぎは少ない。

一日かけて頑張ってみても雑魚寝《ざこね》の宿で泊まりながら一日二食でやり過ごすのがやっとな額しか稼げないようなことも多いというから、冒険者というのもなかなかに世知辛いようだ。

「草原にはゴブリンやオークがちょろちょろいたと思うんですけど、それでも安全なんですか？」

「ダンビラ草原にいる魔物って、レンツの森に向かう冒険者に行きがけの駄賃として倒されることが多いの。森の奥の方にいるガイアウルフの毛皮なんかが高く売れるから冒険者もそちらにかなりの数が行っているし、草原の魔物は自然と間引かれてることがほとんどなのよ」

……昨日数時間歩いていてゴブリンとオークに何度かエンカウントしたんだが、どうやらあれはかなり稀《まれ》なことだったようだ。

通常であれば草原で魔物に出会うことはまずないという。

「でも実は街道や草原での魔物を討伐してきたって素材を持ち込む冒険者はマサル君だけじゃなくて。最近似たような事例が増えてきてるのよね……」

「魔物達《たち》はどこから来てるんでしょう？」

「目撃例の魔物の生息地域から推測すると、多分森から出てきてると思うの。それが今までにないくらい、草原に出てきているんだと思うわ」

「出てきている理由はなんなんでしょう。何か強力な魔物から逃げるため、とかですかね……？」

「そうだったらマズいのよねぇ。レンツの森は稼げるから入ってる冒険者が多いのがせめてもの救いね。今は彼らが何か情報を持ってきてくれるのを待つことしかできないんだけどさ」

とにかく今東側は不穏な感じらしいので、なるべくなら行かない方がいいと思うと、メリッサさんがアドバイスをしてくれる。

ぶっちゃけるとあそこなら適当に魔物と戦えそうだなぁと草原での討伐依頼でもこなそうと思っていたんだけど……危険がありそうなら避けといた方がいいか。

でもそれならどうするのがいいかな。

今の自分の魔法使いとしての力量を知るためにも、魔物とは戦っておきたいと思っていたんだけど……。

「もう、そんな顔しないの」

顔に出ていたのか、メリッサさんが『しょうがないわね』といった感じで笑う。

なんだか気恥ずかしくなり俯《うつむ》くと、笑い声が大きくなった。

こういう視線はなんというか……苦手だ。

「一つ提案……というか、私的なオススメがあるんだけど聞いてみる？」

「はい、ぜひ」

「わかった。その前に一つ聞きたいんだけど、マサル君はある程度戦えて、かつ光魔法も使えるって認識で合ってる？」

「間違いありません」

俺が力強く頷《うなず》くと、メリッサさんは立ち上がり、それからペラリと一枚の依頼書を持ってきた。

そこに記されていたのは……。

「首都にあるダンジョン――『騎士の聖骸』へ潜ってみるっていうのはどうかしら？」

第三章　……　諦めない少女と○○

【side　有栖川《ありすがわ》未玖《みく》】

——私達一年一組がこの世界に勇者として召喚されてから、早いもので半年の月日が流れていた。

私達が転移してきたのは秋だったから、本当であればもう二年生に上がることができていたはずだ。

けれど私達の時は止まったままで、元の世界に戻ることもできず、このアリステラで暮らしていくことを余儀なくされている。

表立って動くことすらできないまま……。

「聖女様、ありがとうございます！」

「いえ、お大事にしてくださいね」

ぺこりと頭を下げる利発そうな男の子に、笑顔を向けながら手を振る。

男の子は顔を赤くして、風のように部屋を出ていってしまった。

「ふぅ……」

ＭＰ的には魔法を連続して使っても問題はないのだけれど、集中しながら何度も光魔法を使っていれば、精神的な疲労というのはどうしても溜《た》まっていくものだ。

そして私の光魔法は傷や病気を治すことはできても、溜まった精神的な疲れを取ることはできない。

魔法のある異世界といっても、案外ままならないものなのだ。

「んーっ！」

グッと背筋を伸ばして、手を上に突き出すように腕を伸ばす。

頬を軽く叩《たた》いて気合いを入れ直してから、大きく息を吸った。

「それでは次の方、どうぞ！」

私のギフトは『聖女』。

これは簡単に言えば、光魔法の効果が増大し、習熟度が増しやすくなるというギフトだ。

光魔法には攻撃用のものが少ないため、私の戦闘能力自体は高くない。

ただ今のところ、それでもまったく問題は起きていなかった。

なぜなら私の役目は勇者になって世界を救うことではなく、聖女様として皆を癒やし笑顔を振り撒《ま》くことだったからだ。

他の皆は盗賊退治や魔物討伐に向かいＬＶを上げているというのに、どうして私だけ……と、クラスメイト達を見ると理不尽さを感じることも多かった。

今の私は満足に外を出歩くこともできないような状況にある。
聖女というのは王国において、勇者と同じくらいの高い価値を持っているからだった。
王国が抱えている聖教会において、聖女は神の代弁者とされている。
そのせいで私は教会にやってきた人達を光魔法を使って癒やし、あがめられ傅《かしず》かれると
いう、地球では考えられなかったような日々を送るようになってしまった。
光魔法の練習になるのはいいんだけど、私は治す相手を自分で選ぶことすらできない。
治療を受けに来る人達の身なりを見る限り、喜捨の額や地位に関わっていそうで、そこ
には少し生臭さを感じてしまっていた。
「はい、これで大丈夫ですよ」
今回の患者さんの傷はかなり深く、骨が見えるほどに重い状態だった。
なので光魔法がＬＶ６になってから解放されるオールヒールを使い、患部を治していく。
「お抱えの光魔法使いも皆が匙《さじ》を投げたというのに……聖女様、ありがとうございま
すっ！」
「いえいえ。光魔法で接《つ》いだ骨が元の骨と馴染《なじ》むには少し時間がかかりますから、一週間
ほどは絶対安静にお願いしますね」
冷静に患部を観察し治療を終えた私は、以前より上がらなくなった口角を無理矢理上げ
て、顔に愛想笑いを貼り付ける。

私は日本にいた時よりもずっと、自然に笑うことができなくなっていた。

当時どんな風に笑っていたのか、今ではもう思い出すこともできない。

「それでは次の方……」

私は教会が選定した患者を呼び、再び光魔法をかけていく。

こんな生活を続けることで、私の光魔法は既にＬＶ８にまで上がっていた。

今は骨折であれば、それが複雑骨折だろうと陥没骨折だろうと一瞬で治すことができる。

ＬＶが９に上がれば部位欠損を治すことができるようになるという話なので、今の私の目標は一刻も早く光魔法のＬＶを上げることだ。

本来ではあり得ない伸び率ということらしいけれど……私としてはまだまだ納得はいっていない。

だって私は……勝君《まさる》を生き返らせなくちゃいけないんだから。


私も含めた一年一組の皆は、勇者用に新たに建てられたお屋敷で共同生活をしている。

男子用と女子用で合わせて二つ建てられているんだけど、その位置はかなり王城に近く、他の人から見ると離宮か何かに見えているはずだ。

建っている場所も国王であるイゼル二世の私有地なので、実際それも間違っていない。

勇者達が暮らす場所ということもあってか、外観から内装までとても立派で、あまり金勘定に明るくない私達でも、かなりのお金がかかっていることがわかった。

元の世界の歴史の教科書に載っている中世のものと遜色がないほどで、私達が想定していた一般家屋とはかけ離れた、とんでもなく豪華な仕上がりになっている。

どうやら以前作ろうとして頓挫していた離宮の設計図やら石材やらを持ち寄って作ったものらしい。

急ピッチで建設をしてくれたこともあって工期も一ヶ月もかからなかったのは助かるけど、金《きん》なんかが惜しげもなく使われているせいで、私の価値観からすると少し下品にも見えてしまう。

魔物被害がひどくてまともに食べることができないような人が出てきているというのに、こんな下品なものを建てようとしていたという事実には、正直呆《あき》れるしかない（ちなみにだが私の国王や第一王女ミーシャへの信頼は、日々ストップ安を更新中だ）。

屋敷へ戻り自分の部屋に帰ってきてから、堅苦しい修道着を脱ぎ捨てる。

聖女のお勤めをしている間は、聖教会の人間に仕立てられた専用の修道着を着なくちゃいけないのでとにかく肩が凝る。装飾具がいくつもついているので、制服を着慣れた私からするとかなり重く感じるのだ。

マッサージをしてから、買ってきてもらったチュニックとズボンに着替える。

この世界ではスカートはロングのものしか存在していないため、どちらかと言えばパンツルックで過ごすことの方が多い。

日本では高級時計でしか知らない手巻き時計を見てみれば、時刻は午後五時半を指していた。

今から夕食までの一時間が、今の私の本当の意味での自由な時間だ。

そう思うと先ほどまで張り詰めていた気が、ふっと一瞬で抜けてしまう。

姿見の向こう側にいる私が、その顔をくしゃりとゆがめるのが見えた。

「……勝君」

――結局勝君の行方は、半年経《た》った今でもわからないままだった。

私のたっての願いということで教会も動いてくれてはいるけれど、ただ聖女として人を癒やしているだけの私では、せいぜい数人を動かす程度が関の山。

各地から定期的に情報をもらってはいるけれど、今のところまったくと言っていいほどに進展はない。

王国が本腰を入れて捜索に当たってくれれば話は変わったかもしれない。

けれどそうはならなかった。

……あの王様はまともに、勝君を捜そうとはしなかったからだ。

そんなことは金の無駄だと、まともに取り合ってすらくれなかった。

自分は美人の側室や妾《めかけ》と遊んで、好き放題に放蕩三昧《ほうとうざんまい》をしているくせに。

「勝君……」

ミーシャが勝君は既に死んでいると断定しているのも悪い方に働いたんだと思う。

状況証拠だけで勝君は召喚の際の事故で死んだと判断された。

そして勇者召喚がそれほど危険なものであったという事実を隠すために、勝君の存在は最初からなかったことにされてしまった。

三十一人いたはずの一年一組の集団転移。

その結果異界からやってきた勇者の数は、合わせて三十名。

それがグルスト王国が出した公式の見解だった。

そして皆も、それに追随した。

自分が正しいと信じて疑わない聖川《ひじりかわ》君は、王様の心証を悪くするわけにはいかないと私を説得しようとした。

御津川《みとがわ》君は、他人に興味がないと不干渉を貫いた。

クラスの中で、私だけが猛烈に抗議した。

それでも、何も変わらなかった。

――皆が勝君の存在を抹消したあの日あの瞬間から、私はたった一人だ。

一人ぼっちで、戦い続けている。

「勝、くん……」

日本の頃に使っていたものと比べるとくすんでいる鏡に触れる。

心の奥底から湧き上がってくる感情に、気付けば拳を握っていた。

勝君の血まみれのパジャマを抱きしめながら慟哭《どうこく》したあの日、私の涙は涸《か》れた。

だから私はもう何があっても、泣いたりしない。

今必要なのは、泣いて誰かに縋《すが》ることじゃない。

そんな弱い人間に、私はなるつもりはない。

必要なのは――強さだ。

決して諦めず、最後まで己を貫き通すだけの、意志の強さだ。

「大丈夫、勝君。私は、私だけは……絶対にあなたのことを、忘れないから」

ゆっくりと深呼吸をして、気持ちを落ち着かせてから立ち上がる。

どれほど考え事をしていたのだろう。

時計を見れば、時刻は既に午後六時を回っていた。

六時半からは夕食の時間だ。

皆の前では、いつもの有栖川未玖でいなければいけない。

もし明日勝君がここにやってきても問題なく生活が送れるよう、彼の居場所を作っておかなくちゃいけないから。

少しだけ赤くなった目元を水で冷やしてから部屋を出る。

去り際、姿見に映る自分を見つめると、その姿はいつもの有栖《ありす》川末玖《がわみく》にきちんと戻っていた。

階段を下りてダイニングへと向かうと、既にクラスメイトの皆が勢揃《せいぞろ》いしている。

――今日もいない、たった一人の男の子を除いて。

「「「いただきます」」」

食事は基本は男女別だが、夜ご飯だけは皆で時間を合わせて一緒に摂《と》るようにしている。

これは渋る聖川君や御津川君に、私が強引に押し通した案だった。

――人は誰しも、強いわけじゃない。

このグルスト王国に順応してミーシャを娶《めと》ろうとしている聖川君や、この世紀末な世界観の方が合ってると嬉々《きき》として魔物を狩りに行く御津川君のような存在は、全体から見れば少数派なのだ。

私達《たち》は本来ならまだ親の庇護《ひご》下にあったはずの十六～七歳の少年少女でしかない。

おまけに獅子《しし》川《がわ》高校はかなりエリート寄りの進学校（おまけに私立）だったから、今まであまり苦労をしたこともない箱入りの子達も多いのだ。

彼ら、彼女らを絶望させないためには、希望の光が必要だ。

そしてその役目には、本人にカリスマ性のある聖川君が相応《ふさわ》しい。

彼は王女と仲良いおかげで情報通でもあるし、この国の重鎮達にも顔が利く。

王国びいきなところはあるけれど、彼を好きな女の子達のスクールカーストが高いこともあり、クラスは聖川君を中心にして回っている。

彼が頑張っていなければ、現状に絶望して生きるのを諦めた人達が出ていたかもしれない。……どうしてその優しさを勝君に少しでも向けることができないのかは、本当に理解に苦しむけれど。

「有栖川さん、僕の顔に何かついてるかな？」

「……ううん、疲れてぼうっとしてただけ」

そう言って嫌みのない笑顔を向けてくる聖川君に、私も嫌みのない笑顔を返す。

二人とも浮かべているのは愛想笑いだけど、それを見た義理の妹の藍那《あいな》さんが明らかに顔をしかめているのが見える。

私はこれ以上彼女の機嫌を損ねてしまわないように、隣にいる岸川愛理《きしかわあいり》ちゃんと話をすることにした。

「未玖、今日は何かあった？」

「ううん、別に普段と変わらないよ。光魔法を使って、魔力が切れたら回復するまで休んでからまた光魔法を使って……」

「大丈夫、大変じゃない？」

「もう慣れたから、全然平気だよ」

――現在、一年一組はいくつかのグループに分かれていた。

このグルスト王国での過ごし方や姿勢の違いから、自然に分かれていったという方が正確かもしれない。

まず一番多いのは、とりあえず王国から言われたことに従っている生徒達だ。

今のところ王様から私達にやるように命じられているのは、騎士達による訓練と宮廷魔導師達による座学だけ。

一年一組には真面目な人が多いため、皆言われたことはきちんとこなす。

そのおかげでほとんどの人がなんらかの魔法やスキルを身に付けることができていた。

もっとも王家の私有地から出たことがない人も多いから、どこまで実戦で使えるかはわからないんだけど……。

「有栖川さん、聖女の仕事はずいぶん大変そうだね」

「勇者の聖川君と比べればまだまだだよ。私は別に前線に出たりするわけじゃないしね」

「むうっ、和馬《かずま》君また未玖と話してる！　ちゃんとエレナの話も聞いて！」

「ごめんごめん。大丈夫だよ、ちゃんと聞いてるって」

次に多いのが、王国に積極的に協力しようとしている人達だ。

このグループは、中で更にいくつかのタイプに分かれている。

魔王討伐を本気でやろうとしている聖川君のような人もいれば、聖川君がやるからそれについていくという藍那さんや御剣《みつるぎ》さんのような女の子達もいる。

彼女達にカッコいいところを見せたいからと言う男子達もいれば、王国から便宜を図ってもらうために前のめりになっている人もいる。

そして……最初に話を聞いた時は正気かと思ったけど、元の世界に帰れないという寂しさがそうさせるのか、既に王国の人間（メイドや騎士達）と関係を持っている人も今では何人もいる。

当然ながら彼らも、王国に対しては非常に好意的だ。

王の私有地にいる人間となんか、誰と付き合ってもハニートラップみたいなものだと思うんだけど……本人達がそれでいいなら、何も言うまい。

なんというかこのグループは……口には出さないけど、この世の縮図みたいだなと個人的には思っている。

けれど最近は徐々にこの派閥に鞍替《くらが》えする人達も増えてきており、皆なかなか異世界に染まってきているのがわかる。

そして最後は、私や御津川君の所属している、合わせて五人にもならない少数のグループである。

もっともグループというより、個々人が自身の思惑のために動いているという表現が正しいかもしれない。

私は勝君《まさる》を見つけ、癒やすため。

御津川君は最強に至るため。

その他の子達にも、強烈な目的意識があって、それに向かって突き進んでいる。

なので人数は少ないけれど皆能力が高いため、気付けば一つのグループとして認められるまでになっていた。

「そういえばミーシャから聞いたんだけど、そろそろ晶《あきら》が帰ってくるらしい。また魔族を一人討伐したって」

ちなみにこの夕食に、御津川君の姿が現れることは滅多にない。

クラスメイトの中で唯一、彼だけは王国中を飛び回っているからだ。

――彼が持つギフトは、その名を『覇王』という。

本人から聞いたところによると、戦闘に関してのあらゆるスキルを獲得することが可能となり、戦闘に身体《からだ》が最適化されていく、武力に特化したギフトなのだという。

けれどギフトに王という字がついているのが、他ならぬ国王によって問題視された。

イゼル二世は御津川君が自分に成り代わって王になろうとするのではないかと恐れ、彼を魔族が出るという前線に飛ばすという愚挙に出たのだ。

私も含めて何人ものクラスメイトが抗議をしたけれど、まったく聞く耳を持ってはくれなかった。

　他のクラスメイトの中には、実戦経験がゼロの人も少なくないっていうのに……自分が危険を感じたらその瞬間に動き出すとは、まったく呆《あき》れてしまう。

　ちなみに御津川君は今のところそんな王の思惑を全てはね除《の》け、どれだけ最前線に飛ばされてもけろっとした顔で帰ってきている。

「御津川にはずいぶん先を行かれてしまっているな……『剣聖』のギフトを持っている私としては、これ以上の遅れは取りたくないんだが……」

『剣聖』の古手川《こてがわ》さんが悔しそうな顔をしながら、上品に食事をしている。

　聖川君のことが好きな女の子達の中には他にも『賢者』や『弓聖』のような強力なギフトを持っている人もいるけれど、今のところ彼女達はあまり実戦に出ていなかった。

　他でもない聖川君が、皆を守るからと彼女達を危険な目に遭わせたがらないからである。

　古手川さんは聖川君に大切に思われるのは嬉《うれ》しいけれど、戦えないこと自体には不満なようで、複雑そうな顔をしている。

「そういえば今度、陛下からクラスの皆に話があるらしい」

「一体なんの話なんですか？」

「わからない……けど晶も含めてクラス全員にしたいってことだったから、大切なことなのは間違いないと思う」

クラス全員。

その言葉に怒りで肌が粟立《あわだ》ちそうになるのをグッとこらえる。

その言葉を聞いた後は、あまり食事の味がわからないまま食事を終えた。

そして次の日、私達はイゼル二世からとある指示を受ける。

その内容とは――首都にある地下ダンジョン、『騎士の聖骸』の攻略指令だった。


『騎士の聖骸』――階段を下りていくいわゆる地下ダンジョンであるこの場所は、王国や聖教会にとっては長い間二つの理由から問題視されていた。

まず一つ目は、やはり郊外とはいえ首都グリスニアの中に存在していることだ。

いくら建国以来一度も魔物が外に出てきたことがないとはいえ、迷宮都市でもないのに首都の中にダンジョンがあるというのは外聞が悪い。

イゼル二世としてはそれをなんとかしたいと長いこと考えていたようだ。けれど色々な理由があり、手を出すことができずにいたのだという。

そして二つ目は、聖教会側の教義的な問題。

『騎士の聖骸』というダンジョン名が、聖教的に大変マズいらしいのだ。

聖教会において、名前に聖と付く聖遺物は厳格に管理されている。

そしてその中に、聖骸なるものは存在しない。

聖教の教義を守るためにも、教会側は再三このダンジョンを攻略するべく王国に要請を出していたらしい。

けれど『騎士の聖骸』はとある理由から、ほとんど攻略が進んでいなかった。

だがここに、ちょうど特級戦力でありながらなかなか表立って使うことのできない、勇者という存在がやってきた。

王国と聖教会の長い調整の末、勇者召喚をされた私達は『騎士の聖骸』の攻略に駆り出されることになってしまったのである。

『騎士の聖骸』はゾンビやレイス、スケルトンと呼ばれる不死者達――アンデッドと呼ばれている魔物達が出現するダンジョンだ。

その全貌は、まだほとんど解明されていない。

現在地図が作られているのは、第一階層から第五階層という極めて限定された場所のみ。

その原因は、このダンジョンがあまりにも旨《うま》みが少なく、そのくせ攻略難度が高すぎるせいで割に合っていないところにある。

アンデッドからはほとんど素材を取ることができず、またそのわりに恐慌や麻痺《まひ》、狂乱の状態異常にしてくる敵も多いため危険度が高い。

実入りがあまりにも少なく、かつあまりに長く入りすぎていると身体に染みついた死臭が取れなくなってしまうため、首都にあるにもかかわらず冒険者がほとんどいないのだという。

既に第二階層に入っているけれど、たしかに今のところ一人も人とすれ違っていない。

このダンジョンは、第六階層以降難易度が跳ね上がる。

その討伐難易度は、なんとかつて潜っていった王国騎士団が第十階層まで向かうこともできずに壊滅してしまったほどに高い。

今から数十年は前のことらしいが、その一件以降先王は『騎士の聖骸』の第六階層以降に挑んではならないと厳命したのだという。

あのバカ王は、それを当然のごとく破ろうとしているわけだけど。

というかそんな強いアンデッドが大量に出現する場所に、まだ大してLV上げもしていない私達《たち》を放り込むだなんて正直どうかしていると思う。

無謀でしかないと思うのだけど、お偉いさん達からするとそうではないらしい。

アンデッド特効を持つ光魔法の使い手さえいれば、このダンジョンの難易度は一気に下がる。

そして私達の中には、光魔法を使える人間が私を含めて四人もいる。

私達にとって、この『騎士の聖骸』はLVを上げるためのちょうどいい狩り場になるだろう。

どうやら聖川《ひじりかわ》君はそんな風に言われて丸め込まれたらしい。

たしかに人がほとんどいないから勇者が秘《ひそ》かにレベリングをするのに最適という理屈はわかるけど、第六階層以降がどれだけ危険かもわからないのに挑むのは、かなりリスクが高いと言わざるを得ないだろう。

「くさい！　くさいぞ和馬！」

「たしかに相当臭うね……でも我慢しなくちゃ、せっかくの実戦なわけだし」

「そ、それはその通りなんだが……ぐぬぬ……」

私達の前を歩いていくのは、前衛である『勇者』の聖川君と『剣聖』の古手川さんだ。

——今回の探索は、今の私達の最高戦力で固められている。

『勇者』の聖川君、その義妹で『弓聖』の藍那《あいな》さん。

帰って早々連れ出された『覇王』の御津川《みとがわ》君。

『剣聖』の古手川さんに『賢者』の御剣さん、そして『聖女』の私という六人パーティーだ。


後衛が二人に前衛が二人、そしてオールレンジがいける御津川君に支援役の私。こうして文字で並べてみると、たしかになかなかバランスのいいパーティー構成のように思える。

ちなみに御剣さんが風魔法による索敵を行ってくれているため、私達は不意打ちを警戒することなくサクサクと進むことができている。

「――来るよっ！　ゾンビが六体！」

御剣さんの言葉に戦闘態勢を整える。

いつでも回復を飛ばすことができるように構えていると、奥の方からズリズリと何かを引きずるような音が聞こえてくる。

音の次にやってくるのは、先ほどまでの臭いをかき消すほど強烈な腐臭。

「ウボォオオ……」

「ウボァアアアアア!!」

やってきたのは全身を腐らせた人型の魔物であるゾンビだ。

目玉が飛び出ていたり脳みそが丸見えだったりと、その見た目はなかなかにグロテスク。

魔物としてはそこまで強いわけではないけれど、その牙には相手を麻痺させる毒がある。

近付かれ噛《か》みつかれてしまえば熟練の騎士でさえ動けなくなるというから、決して侮っていい相手ではない。

ゾンビのグロテスクな見た目は怪我《けが》のひどい患者を診てきた私にはそこまでではないんだけど、御剣さんと藍那さんはそこまで耐性がないようで、隣からえずくようなうめき声が聞こえてくる。

彼女達を守るように一歩前に出た聖川君が、手のひらを前に突き出す。

どうやら剣は使わず、魔法で処理をするつもりらしい。

「ホーリーレイ！」

聖川君が放つ白色光線は、光魔法のホーリーレイ。

威力的には同じLVで覚えられる他の属性魔法には劣るけれど、ゾンビやレイスのようなアンデッド達に絶大な効果を発揮する。

「アガァァッ!?」

「ウゴオッ!?」

ホーリーレイは四体のゾンビに命中した。

流石《さすが》勇者と言うべきか、当たったゾンビ達の目は一瞬のうちに白く濁り、ただの死人へと戻っていった。

「晶、後は任せた」

「打ち漏らすなよ、たるんでるぞ」

御津川君が即座にフォローに入り、気付けばゾンビの目の前まで肉薄していた。

彼が背中に背負っているのは、自身の身長よりも大きな大剣だ。

今回行ってきた遠征で倒した魔族の私物を、一騎打ちで勝った際に譲り受けたものらしい。

かなり使い込まれているようで、握りの部分は茶色く変色しているし、刀身の部分にも

無数の傷がついている。

けれどその剣にはいくつもの戦場を渡り歩いてきた凄《すご》みがあって、無骨さと機能美を兼ね備えた不思議な魅力があった。

「フレイムタン」

そして私がちょっと考え事をしているうちに、二体の魔物は斬られ、燃え始めていた。

残るのは二体の死骸と、燃えさかる大剣を握っている御津川君。

どうやら今使ったのは魔法を剣に乗せた魔法剣だったらしい。

これは魔法のＬＶをかなり上げなければ使えない技なので、今の一撃だけで彼の火魔法がかなりのＬＶに達していることがわかる。

「くせぇな」

腐肉が焼ける臭いに顔をしかめているものの、剣を振るうのにまったく躊躇《ちゅうちょ》をした様子はなかった。

戦場を駆けている間にＬＶが上がったからか、以前と比べると心身共にたくましくなっているように見える。

私はゴリゴリに鍛えている人はあまり好きではないけれど、そういうのが好きな人からすればたまらないくらいに彼の身体《からだ》は鍛え上げられていた。

「魔石の回収はせず先に進もう。今回は効率重視でいく。可能であれば第六階層を一度見ておきたいからね」

聖川君の言葉に、皆で頷《うなず》く。

魔物は魔石と呼ばれる魔力の籠もった胆石のようなものを持っている。

当然ながらゾンビにもあるのだけれど、基本的にゾンビの魔石は信じられないくらいに小さい。

サイズ的にはゴブリンの魔石より小さいらしく、売っても二束三文にしかならないらしい。そもそも金銭的な援助は王国から受けることができるため、私達はゾンビの死体からの剝ぎ取り作業は無視して、先へ進んでいく。

私達がしなくちゃいけないのは未《いま》だ謎に包まれている第六階層以降への探索。

無駄にしている時間なんて、ないのだ。

それからも私達の探索は特に苦労をすることもなく、進んでいった。

やはり地図があるのと、御剣《みつるぎ》さんの索敵魔法があるのが大きい。

ダンジョンの探索で一番問題になるのは、いつどこで敵に襲われるかわからない恐怖と、そのせいで休むことのできない状況によるプレッシャー。

けれど私達はその二つを解決することができる。

御剣さんの魔法によって前者を、そして私の魔法によって後者を確保することができるからだ。

光魔法がＬＶ８になって解放されるサンクチュアリは、魔物除《まものよ》けの結界を張り出す魔法だ。あらゆる魔物に対して効力を発揮するこの魔法さえ維持しておけば、奇襲をされることはなくなる。

古手川《こてがわ》さんはもっと積極的に戦いたがっていたけれど、私や藍那さんを始めとする慎重派の意見によって戦闘は十分に余力がある状況で、かつ相手が戦える数の時にだけ行っていくようにした。

そのせいで最高効率とまではいかないけれど、身の危険を感じるようなこともなく探索を進めることができた。

今回無事に探索ができることがわかれば、次回からは私達先行組が他のクラスメイトをここに連れて来てＬＶ上げをすることも考えている。

なので優先するのは速度ではなく、安全性と再現性だ。

古手川さんには我慢してもらうしかないのである。

第三階層からはゾンビ化した犬であるゾンビドッグと、肋骨《ろっこつ》の内側にある核を砕かなければ倒すことができない骸骨の魔物のスケルトンが。

そして第四階層からは状態異常攻撃を放ってくるレイスという死霊の魔物が出てくるようになった。

第五階層からは更にスケルトンの上位種であるスケルトンソルジャーが、他の魔物と組み合わせて出現するようになった。

スケルトンもスケルトンソルジャーも、倒すためには魔石と同じ役割を果たす核を壊さなくてはいけない。

そしてレイスは倒しても魔石を残さない。

なるほど、たしかにこれならこのダンジョンに挑む冒険者はいないだろう。

第六階層へと続く階段の前で、一度長めの休憩を取ることになった。

することもなかったので、とりあえず自分のステータスを確認しておくことにする。


〜〜〜〜〜〜〜〜〜〜〜〜〜〜〜〜〜〜〜〜〜〜〜〜〜〜〜〜

【有栖川《ありすがわ》未玖《みく》】
LV　10
HP　95／95
MP　65／87
攻撃　24
防御　59
魔法攻撃力　44
魔法抵抗力　44

俊敏　27
ギフト『聖女』
スキル
光魔法LV8　水魔法LV5　魔力回復LV5
～～～～～～～～～～～～～～～～～～～～～～～

私がここにやってくる前は、ステータスの上がり幅を確認するために死にかけの魔物にトドメをさしたことしかなかったため、LVは2だった。

なのでこの六時間ほどで、LVが8も上がったことになる。

こんなことなら多少無理をしてでも、もっと前からLV上げに参加できるよう要請すべきだったかもしれない。

ちなみに私のステータスの上がり幅は、LVが上がるごとに合わせて3。

魔法攻撃力と魔法抵抗力が必ず1上がり、残るパラメータのうちのどれか一つが上がるようになっているみたい。

また聖女として魔法を使い続けたことで魔法攻撃力、魔法抵抗力はいくらか数値が上がり、更に魔力回復もLVが5まで上がっている。

なので今では、あまり魔力切れを気にせず大魔法も使えるようになっている。

「よし、とりあえず第六階層に潜ろう。エレナに素敵をしてもらって、中で一番弱い単体の魔物を相手に一当《ひとあ》て。とりあえずそれからのことはその後で……」

聖川《ひじりかわ》君が最後まで言い切ることはなく、ピシリという音がその声を遮った。

そして……。

パリイイイインッッ!!

窓ガラスを叩《たた》き割ったかのような、硬質な音が聞こえてくる。

それは何度も聞き慣れている、私が張っていたサンクチュアリが破壊される音だった。

青白い光を放っていた結界が、パラパラと音を立てて光の粒子へと変わっていく。

そして突如としてやってくる人影。

黒装束を着て、顔をしっかりと隠している。

すさまじい速度で、目で追うことすらまともにできない。

恐らくは、俊敏が違いすぎるんだろう。

完全にくつろいでいた状態で反応できたのは、御津川《みとがわ》君だけだった。

「舐《な》めた真似《まね》してくれんじゃねぇか……爆轟拳《ばくごうけん》!」

彼の拳は、目にも留まらぬ速さでやってきた男達《たち》のうちの二人を弾《はじ》き飛ばす。

けれど残る三人は仲間がやられてもその動きはまったく鈍らず、彼らはそのまま私へナイフを突き込んできた。

腹部から血が噴き出すかと思ったが……やってきたのは痛みではなく、抗《あらが》いがたいほどに強烈な眠気だった。

「――未玖ッ！　てめぇら……覚悟はできてんだろうなぁ！」

意識を失う寸前、御津川君の叫び声が聞こえたような気がした。

思えば最初は、単なる好奇心だったんだと思う。

自分で言うのもなんだけど、私、有栖川未玖の人生は非常に順風満帆だった。

オーダーメイドで家を建て、年に二度は家族旅行ができるくらいには経済的な余裕がある両親がいて。

お父さんに似た頭脳とお母さん譲りの美貌を受け継いだおかげで、何不自由ない学生生活を送ることができていた。

獅子川《ししがわ》高校には、私と似たような境遇の人が多い。

しっかりと塾に通わせて私立進学校に行かせることができるくらいに親に経済的な余裕があるとなると、その暮らしぶりというのは多かれ少なかれ似てくるものだからだ。

だからだろうか、私はある日、クラスメイトの一人の男の子に興味を持った。

その子は他の人とは違っていた。

なんというか、どこか泰然としていて――いい意味で、あまり学生っぽくなかったのだ。

彼にはお父さんの友人のようなどこか老成した感じがあって、全てを達観しているように見えたのである。

他の人達より視座が高く全てを俯瞰《ふかん》しているような在り方が、当時の私には新鮮に映っていたことを覚えている。

「ねぇ君、鹿角勝《かづのまさる》君……で合ってるよね？」

「うん、そうだけど」

それが私と勝君の初めて交わした言葉だった。


成績がいいわけでも、運動神経がいいわけでもない。

けれど聖川君のようなタレントのある人が沢山いる一年一組の中でも、勝君は不思議な存在感を放っていた。

それはどうしてなんだろうと考える時間は、日に日に増えていった。

そして私はその理由に気付いた。

彼は——クラスの中にいる誰よりも自由だったのだ。

休みたいと思えば学校を休み、サボりたいと思えば早退し。

ぐっすり眠れたからと平気な顔をして、午後から登校してくる。

さりとて時間にルーズなわけではなく、私と約束をした時には必ず十分前には待ち合わせ場所にやってくる。

彼は何ものからも自由で、そしてだからこそ私とも気取らずに話をしてくれた。

私はお母さん譲りの美貌のせいで、今でも男の子の視線というものに苦手意識を持っている。

ギラギラとした視線を向けられるのが嫌で、中学の頃はわざと野暮ったくしていたこともあるくらいだ。

そんな私に、勝君は自然体で話をしてくれる。

普通女の子と話す時、男の子はどこかで格好をつけるものだ。

けれど勝君はそういうことをしない。

だから私も気取らずに、気張らずに、ありのままで話をすることができた。

私は勝君が好きなライトノベルを読んでヒロインの健気《けなげ》さに涙して、勝君は私が好きな映画監督の作品を見て、そのノンジャンルっぷりに脱帽した。

そんなことを繰り返しているうちに――気付けば、彼のことを好きになっていた。

けれど彼は、どこまでも自由で。

勝君はある日私に衝撃の事実を告げ、その宣言通りに高校に来なくなってしまった。

その後も私は、提出物や行事のお知らせなんかをするために、ことあるごとに勝君に会いに行った。ほとんど全ての理由が後付けだったのは、ここだけの秘密だ。

何度かお家に行ったりしたこともあって、その時は門限になるまで話をしたっけ。
あれ、でも私はどうしてこんなことを、思い出してるんだっけな……？

「……ここは……？」
私……勝君の夢を見てたんだ。
もうここ数ヶ月、見てなかったはずなのに……もうちょっと、見ていたかったな。
勝君の世界一格好いい顔を思い出し、自然と笑みがこぼれる。
なんだか久しぶりに、ぐっすりと眠れた気がする。
ここ最近は寝ても疲れが取れないし、気が休まる暇もなかったからなぁ。
海の中をたゆたっているかのように、どこかぼんやりとした気分だ。
けれど意識は水面に引き上げられるように、徐々に輪郭を取り戻していく。
そして……完全に意識が覚醒した。
そうだ、私……さっき、黒ずくめの男達に襲われて――。
「――っ!!」
急ぎ腹部にヒールを当てながら立ち上がる。
さっきまでの出来事を思い出した私は、即座に光魔法を放つための準備を整える。
けれどそこに、私を襲った黒ずくめの男達の姿はなかった。

あたりを見回してみても、人影一つない。

聖川君や御津川君の姿さえ――。

（ここは一体……どこ？）

周囲を見回すと、そこにあるのは――先ほどまでとそこまで変わらないように見える景色だ。

薄暗い石畳の迷路のような場所に常に漂ってくる腐臭……どうやら私はまだ、『騎士の聖骸』にいるらしい。

何か手がかりはないかと思い、周囲の様子を観察する。

すると私の足下に、見たことのない模様が刻まれていた。

（これは……魔法陣？）

魔法陣というのは、簡単に言えば魔法的な効果を発動させるための紋章のようなものだ。

なんでも魔力がない人や魔法の適性のない人でも、魔法のような効果を使えるようになる技術らしいけど……既に廃《すた》れたものだからと、基礎的な話しか教えてもらったことはない。

こんなことになるなら、もっとしっかりと話を聞いておくんだった。

魔法陣は既に効果を失っているらしく、光を失っていた。

試しに魔力を流し込んでみるが、動かない。

多分だけど、私はこれで転移させられたんだと思う。

動かないってことは……これは受信専用で、戻ることはできないようになっているのかな？

少し気にはなるけど、そんなことをしている場合ではないと気合いを入れる。

わかりそうにないこの魔法陣の仕組みや、あの襲撃者の正体といった疑問は後回しだ。

今考えなくちゃいけないのは――どうすればこの場からダンジョンの外へと戻ることができるのかということ。

ここが『騎士の聖骸』であるのはほぼ間違いないと思う。

そして私が送り込まれているという事実から推測すると……恐らくほとんど地図を埋められていない、第六階層よりも下の階層のどこか。

助けを求めるために上に上がるか、助けが来るのを待ってこの場に留《とど》まるか。

一体どっちにした方が……そんな私の考えは、一瞬のうちに霧散する。

あまりの寒気に、誇張抜きで一瞬意識が飛びかけた。

（――なっ、何、これ……）

吐き出す息が、白くなったかのような錯覚。

身体《からだ》の芯の方から来る震えに、かみ合わない歯がガチガチと音を鳴らした。

当然ながら突如として気温が下がったわけではない。

ただ、向こう側から一体の魔物がやってきた。それだけで生存本能が今すぐこの場から離脱するように訴えかけていた。

人間には野生の頃から残る、命の危機に対するセンサーが残っているという。

身体が五感の全てを使っても足らぬと言わんばかりに、私に警鐘を鳴らし続けていた。

「オオォォォ……」

聞こえてくるのは冥府の底から湧き出してきたかのような、亡霊の恐ろしい鳴き声だ。

人ならざるものの鳴き声は『騎士の聖骸』では何度も聞いたはずだ。

けれど見通せぬほど先の暗闇からやってくる声は、それら全てとは文字通り格が違った。

先ほどまでは芯の方から身体が冷えていたのに、今度は全身から脂汗が噴き出してくる。

私は明らかに異常になっている肉体に鞭《むち》を打ち、魔法を発動させた。

「――ッ！　サンクチュアリ！」

全ての魔なるものを弾き返す、聖なる結界を半ば無意識のうちに発動させる。

このダンジョンに来るまでに何度も練習した甲斐《かい》があって、頭で考えるより先に身体が動いてくれる。

何度も使ってきたことを、これほど神に感謝したことはない。

「オオオォォォ……」

カタカタ、カタカタ……と何か硬いものが擦《こす》れ合うような音が聞こえてくる。

汗を拭くことも忘れ、音のする方をジッと見つめていると……そこから一体の魔物がやってくる。

その見た目は、全身に豪奢《ごうしゃ》なローブを羽織っており、大きな宝玉を埋め込んだ杖《つえ》を持っているスケルトンだ。

魔物図鑑で勉強した、リッチという魔物によく似ている。

生前魔法使いであった人間が死ぬことで、稀《まれ》にリッチというアンデッドとして蘇《よみがえ》ることがある。

そんな魔物の情報を思い出す。

聞いた話では、第七階層で出現するとされていた魔物だ。

魔法を使いこなすアンデッドであるために非常に強力ではあるが、騎士が小隊単位で当たれば倒せない相手ではないという。

けれど……私の中にある第六感が、目の前の魔物はそんな生やさしい生き物ではないと告げていた。

こちらにやってくるリッチの力は、そんなものではない。

今このサンクチュアリを解いてしまえば、一瞬で私の存在ごと消し飛ばされてしまう。

そう断言できるだけの威圧感と、思わず喉の奥に酸っぱいものがこみ上げてくるほどの濃密な死の気配。

リッチの上位種――エルダーリッチの落ちくぼんだ眼窩《がんか》が、結界を隔てて向かい合う私を捉えた。

「オオォォォ……」

エルダーリッチは結界に近付こうとして……そのまま距離を取った。

どうやらこれほど強力な魔物であっても、サンクチュアリは効果を発揮してくれるらしい。そう安心したのもつかの間、エルダーリッチは想定外の行動に出た。

エルダーリッチはつかず離れずの距離を維持したまま、ジッと同じ場所に留まり始めたのだ。

……間違いない、あのエルダーリッチは私を狙っている。

サンクチュアリの持続時間は三十分。

消費するMPは35。

そして私の魔力回復LV5による回復と自然回復を合わせれば、MPの回復速度は一分につき1。

サンクチュアリを張り続けなければいけないため、私のMPはじりじりと減っていくことになる。

私は背負っているリュックを開き、今あるものを確認する。

魔力ポーションがいくつかと食料が何食分か。

焼け石に水だが、ないよりはマシだ。

「サンクチュアリ！」

ＭＰの回復をペースメーカーにして、魔法を発動させていく。

緊張からまったく空腹を感じないけれど、無理矢理に食事を喉の奥に詰める。

それを魔力ポーションを使って流し込んで、目の前にいるエルダーリッチを見つめる。

自然と、呼吸が荒くなる。

迫ってくる死の感覚に、全身が冷たくなっていく。

頑張って耐えても、助けはやってこないかもしれない。

でも……やるしかない。

私は決して、諦めたりしない。

たとえそれで助かる確率が、ほとんどゼロであろうと……私は絶対に希望は捨てない。

だって、私は……。

「――勝《まさる》君に、会うんだ」

サンクチュアリを途切れぬよう使い続けながら、意識を途切れさせることなく張り詰め続ける。

極度の緊張で、時間の経過が曖昧になっていく。

耳鳴りの音と心臓の鼓動の区別がつかなくなり、胸の奥がギリギリと痛んだ。

少しずつ少しずつ、残酷なまでにゆっくりとＭＰが減っていく。

現在のＭＰは既に37。

次に使えるサンクチュアリが、最後の一回だ。

「サンクチュアリ！」

最後の結界を張り終える。

私の残りＭＰが一桁になり、抗《あらが》いがたいほどの眠気に襲われる。

つまりこのサンクチュアリが消えた時が……私の命が終わる時だ。

「サンクチュアリが消えても、せめて一分一秒でも長く生き延びてやる」

私は虚勢を張りながら、必死になって平気なフリをした。

――人は誰しも、強いわけじゃない。

実は私は……そんなに強い人間じゃない。

勝君に会いたいというその一心でここまで頑張ってきたけれど……どうやら願い叶《かな》わず、
ここで私の人生は終わってしまうようだ。

サンクチュアリが、光の粒子になって消えていく。

光に包まれる私の頬に、一筋の涙が流れる。

涙は涸《か》れたと思っていたけれど、どうやらそうではなかったらしい。

「勝君……」

エルダーリッチがこちらに向けて杖をかざす。

逃げようとするが、既に極度の緊張と疲れからか、身体はこわばって動いてくれなかった。

「オオオォォォ……ッ!!」

エルダーリッチの致死の魔法がこちらに照準を向ける。

その気配が膨れ上がり、エルダーリッチが生者を殺せる喜びにカタカタと笑う。

「勝君……ごめんね……」

私はゆっくりと目を閉じた。

だって、せめて死ぬ時くらいは……大好きな人の姿を、思い浮かべていたかったから。

「——大丈夫だよ、未玖《みく》さん」

そこにやってきたのは、聞き慣れていて、しかし長いこと聞いていなかった男の子の声。

声変わりをしているのに少しだけ高くて、そしてもう二度と聞けると思っていなかった声。あまりの驚きに、気付けば私は目をしばたたかせていた。

目尻から溜《た》まっていた雫《しずく》がこぼれ落ち、視界が涙でにじんだ。

そして私の目の前には——もう二度と見られないと思っていた、勝君の姿があった。

「オオオオオオオオオッッ!!」

「——勝君、逃げてッ！」

エルダーリッチの魔法が、勝君と私を纏《まと》めてなぎ払おうと放たれる。

思わず声を上げる私を見た勝君が、くるりと振り返る。

そして彼は、ゆっくりとはにかんだ。

「大丈夫——ジャッジメントレイ」

勝君が指先を上に向け、それをエルダーリッチへと振り下ろす。

すると、見たこともないほどに目映《まばゆ》く白い輝きが現れた。

突如として現れたのは——聖なる力を濃縮させたかのような、光の柱。

光魔法をＬＶ８まで鍛え、王国で右に出る者のいない光魔法の使い手の私だからこそわかる。

勝君の圧倒的なまでの実力が。

今の私ですら及ばない領域……ＬＶ９……あるいは、伝説とされているＬＶ10にすら……。

真剣な表情で前を向いた勝君の頼りになる背中を見ていると、私が先ほどまで抱いていた不安は一瞬で消えていた。

「オオオオオオオッッ!!」

光の柱に貫かれたエルダーリッチが苦悶《くもん》の声を上げる。

そしてさっきまでのやりとりが嘘《うそ》であったかと思えるほどにあっさりと、塵《ちり》になって消えていった。

「……ね、大丈夫だったでしょ？」

再びこちらを向く勝君を見て——私はもう、我慢ができなかった。

「……勝くんっ!!」

抱きしめる。

強く強く、もう二度と離さないように勝君のことを抱きしめる。

もう二度と会えないと思っていた人。

半ば諦めながら、それでも会いたいと願い続けていた人。

私の……世界で一番、大好きな人。

「ちょ、ちょっと未玖さん!?」

勝君が戸惑っていて少し申し訳ない気持ちになるけれど、私は抱擁を止《や》めなかった。

思いがあふれ出して、止まらなかったのだ。

こうして私は、半年ぶりに勝君と再会することができた。

私は自分がしでかしたことに気付き、恥ずかしさから顔を真っ赤にしてしまうんだけど
……それはもう少しだけ後のお話。

第四章　騎士の聖骸

「ここが『騎士の聖骸』か……」

受付嬢のメリッサさんのオススメに従い、俺は不人気ダンジョンと名高い『騎士の聖骸』へとやってきていた。

首都のかなり郊外の方にあり、距離的にはギルドとは真反対の方角にある。

せっかく魔物を倒しても報告をしに行くまでに時間がかかるというのも、ここが不人気な原因なんだろう。

「しっかし……本当に人がいないな……」

人生で初めて見るダンジョンは、俺が想像しているものとは大分違っていた。

モンスターがあふれ出してきたり、冒険者が物品を隠し持っていったりしないように衛兵が監視をしたりだとか。

ダンジョンの周囲には冒険者を対象にした屋台や露店なんかがあって賑《にぎ》わっていたり、ダンジョンに挑みたいが人数が足りずに他の同業者を募っている冒険者がいたり……というようなこともなく。

衛兵もいなければ、冒険者も一人もいない。

いくらなんでもこんなんでいいんだろうか……と思いあたりを見回すと、よく見ると少し離れたところに古ぼけた小屋があった。

多分だけど、衛兵の詰め所とかの類いだろう。

一応これから利用させてもらうわけだから、挨拶とかはしといた方がいいよな？

「ど、どうも～」

「なんじゃ、うちは雑誌の定期購読はお断りじゃぞ」

ノックをしてみると、中から普通に反応が返ってくる。

少ししわがれた、おじいちゃんの声だ。

というか、この世界にも定期購読とかあるんだ……って、そんな場合じゃなかった。

「ダンジョンに入りたいので許可を取っておこうと思ったのですが……」

「……何じゃと？」

ドタドタと音が聞こえたかと思うと、扉が開かれる。

やってきたのは、全身鎧《ぜんしんよろい》を着込んでいるおじいちゃんだった。

その瞳は猛禽類《もうきんるい》のように鋭く、生えそろった白髪を一つにまとめて後ろに流している。

身に纏っている銀色の鎧はピカピカと綺麗《きれい》に磨かれており、腰に提げているのは少し黒ずんだ鞘《さや》だ。

かなり使い込まれている柄《つか》から察するに、直剣を得意としているのだろう。

「お前さんが……『騎士の聖骸』にかね？」

こちらを見つめる視線は訝《いぶか》しげだ。

彼が顎に手をやると、手甲がガシャリと音を立てる。

得物も含めると総重量はかなりありそうだけど、まったく体幹がブレている様子はない。

全身から発している凄《すご》みから察するに、彼がこの『騎士の聖骸』の門番なのだろう。

「はい、ぜひ挑戦できればと思います」

矍鑠《かくしゃく》としているおじいちゃんに話しかけると、彼は頭からつま先まで俺の姿を見て言った。

「……まあ死に急ぎとかじゃあなさそうじゃな。お前さん、魔術師か？」

「はい、一応何属性か使えます」

「――ほう」

おじいちゃんのこちらを覗《のぞ》く目が、一瞬キラリと光ったような気がした。

その瞳の深い青に、なんだか自分の全てを見透かされているような気分になってくる。

「なるほど……お前さんかなりやれそうじゃな。それだけの力があれば、ソロでも問題なくいけるじゃろうな」

「一目見ただけで、そんなことまでわかるんですか？」

「当然じゃ、わしを誰じゃと思っとる。――騎士バリエッタじゃぞ」

「……すみません、聞いたことがありません」

「そ、そうか……わしもまだまだ頑張らないといかんな……」

少しがっくりした様子のバリエッタさんを慰める。

見た目からなんとなく想像はついていたけれど、どうやらバリエッタさんは騎士のようだ。本人の口ぶりから察するに、かなり有名な人なのかもしれない。

「わしには魔力感知のスキルがある。なのでお前さんが若い見た目に見合わない魔力を持っとることがわかるんじゃよ」

なるほど、そんなスキルまであるのか。

……もしかすると鑑定スキルみたいなものがあって、俺の『自宅』のギフトまで丸裸にされるような可能性もあるかもしれない。

今までは強くなるためにと魔法のLV上げばかりしてたけど……一度この世界のスキルやギフトについてしっかりと勉強しておくべきかもしれないな。

『騎士の聖骸』でLV上げしながら、メリッサさんに色々と教えてもらおうかな。

「バリエッタさんから見て、俺って『騎士の聖骸』をどのくらいまで進めるように見えますか？」

「第五階層までは余裕でいけるじゃろう。第六階層から先は……まぁお主の場数《ばかず》次第じゃろうな」

冒険者の中で魔法使いの数はそこまで少ないわけではない。

けれどソロで活動している魔法使いとなると、その数はガクッと減ってしまう。

魔法使いは火力だけなら近接戦闘職よりも高い。

けれど相手を倒せるような高威力の魔法を放つにはある程度時間がかかってしまうし、何度も魔法を使っていればMP切れになって気絶してしまう。

なのでソロでやっていくためには、魔法発動までの時間を自分で稼げる戦闘能力と、かつ戦いながらしっかりとMP管理ができるような器用さが必要になる。

前衛も併せてこなすことができる万能型の魔法剣士でもないと、魔法使いがソロでやっていくのは難しいのだ。

……ちなみにこれは全て、メリッサさんからの受け売りである。

パーティーを組んだ方がいいわよというお小言と一緒に、今朝色々と教えてもらったのだ。

「わかりました、頑張ってみます！」

「大したもんも出んから、無理して死ににいくような真似《まね》はするんじゃないぞ」

「ありがとうございます！」

バリエッタさんからのお墨付きももらえたので、早速『騎士の聖骸』へ挑んでみることにしよう。

初めてのダンジョン……なんだか緊張してきたな。

というか……どうしよう、緊張からかお腹《なか》が痛くなってきた。

ダンジョンに入ったら一旦自宅に戻って、トイレに行ってこようかな……。


バリエッタさんと別れ、ダンジョンへと入っていく（ちなみにMPがもったいないので、トイレはちゃんと我慢した）。

「おお、ちょっとひんやりするな……」

中は洞穴のような空間になっており、足下は乳白色の石で鋪装（でいいのかな？）されている。

左右は土でできているようで、触れると普通に掘ることができた。

発光する石が左右の土壁や足下に埋め込まれており、明かりを点《つ》けずとも少し先は見えるくらいの光量はあった。

通路の幅の広さは戦闘ができるくらいに広い。

少なくともアンデッドに囲まれたりしても問題なく戦うことはできそうだ。

「えっと次を右に進んで……」

『騎士の聖骸』は第五階層までは探索され尽くしており、地図も非常に安価に買うことができる。

もちろんメリッサさんのアドバイスで事前に購入している俺は、薄暗い中で目を凝らしながら地図と格闘して先を進んでいく。

すると俺の耳が、何かの足音を聞き取った。

ズリズリという、革袋を引きずるような音だ。

続いてやって来たのはとてつもない刺激臭。

死臭はほのかに甘いと聞くが、鼻腔《びこう》を突き抜けた臭いはそんな生やさしいものではなかった。

生ゴミを更に何ヶ月も放置させて熟成させたかのようなヤバい臭いに、思わず胃の内容物を吐き出しそうになる。

「ウボオォ……」

やってきたのは動く死体の魔物――ゾンビだった。

得物も持っておらず、完全な無手。

非力なようにしか見えないが、魔力を利用しているためその膂力《りょりょく》は人間を超えているらしい。

厄介なのは強力な腕力と、食らえば身体《からだ》が麻痺《まひ》して動けなくなるという噛《か》みつき攻撃。

おまけに身体の腐肉には腐食効果があるらしく、鉄の剣を突き込んだりすると耐久度が露骨に下がるらしい。

とにかく接近戦を挑みたい相手ではないということだ。

腐っている足を引きずっているからか、こちらにやってくる速度はそこまで速くない。

これならこっちに着くまでに十分に対処ができそうだ。

「ライトアロー！」

光魔法がＬＶ２になると覚えるライトアロー。

光の矢は音を置き去りにする……とまではいかずとも以前見たことのあるアーチェリーの矢のように進んでいった。

速度はギリギリ目で見ることができるくらい。

知覚ができるので、弾速なんかよりは遅いようだ。

「ウ、オォ……」

ライトアローはゾンビの頭部に命中。

着弾すると、そのまま地面に倒れ込み動かなくなる。

念のためもう一発ライトアローを打っても、何も反応はなかった。

どうやら最初の一撃で仕留めることができていたらしい。

「よし、ライトアローでなんとかできるなら、ＭＰの消費もかなり抑えられるぞ」

ライトアローに必要なＭＰは３。

俺のＭＰと自然回復量で考えれば、どれだけ連発しても問題ない。

そういえば、光魔法にはアンデッド特効があるんだったっけ。

それなら他の魔法だとどうなるか試してみようかな。

進んでいるうちに遭遇したゾンビに、今度は火魔法を放つ。

「ファイアボール！」

ライトアローと同じ3MPで放つことができる炎の球がゾンビへと向かっていく。

速度はライトアローより少し遅いくらいだろうか。

周囲に着弾の余波でダメージを飛ばせるところと、火傷《やけど》による継続ダメージも見込めるところが強みだと思っていたけど……アンデッド相手だとイマイチ実感しづらいな。

「オオォ……」

ファイアボールの場合でも一発で問題なく倒すことができた。

だけど倒すと同時に、あたりにとんでもない臭いが広がる。

「く……くさっ！　めっちゃくさい！」

腐った肉で焼き肉パーティーを開いているかのような……絶妙に食欲をそそらない肉の臭いに、喉の奥の方まで酸っぱいものがこみ上げてくる。

……今後ゾンビ相手に火魔法は禁止にしよう。

俺はそう固く決意してから、先へ進むことにした。

『騎士の聖骸』の中は案外広い。

外から見るとただの洞穴にしか見えなかったけど、明らかにあそこから見えていた横幅より広い空間が広がっている。

多分だけど、時空魔法か何かで空間を拡張しているんだろう。

地図がなかったらどうやって進めばいいのか……少し悩みどころではある。

特に問題なく戦闘を重ねていく。

相手が複数体の時の対応も決まってきた。

相手が二体だった場合はライトアローを連続して放ち、三体以上だった場合は少し威力の弱いライトアローを雨のように降らせるライトアローレインを使う。

これが一番ＭＰ効率と安全性を両立できる方法だ。

……え、火魔法？

使わないよ、あんなクズ魔法（暴論）。

俺が『騎士の聖骸』に入ってきたのは、午前八時前。

第三階層へ向かうまでの階段にやってきて小休止を取る時には、時刻は午後一時を回っていた。あ、ちなみにこの世界も一日は二十四時間のようだ。

暦もしっかり一年三百六十五日プラス閏年《うるうどし》らしいし、もしかすると俺達《たち》がやってくるより前にも転移してきた人達がいたのかもしれない。

うーん、地図はあるからもっとサクサクいけるだろうと考えてたけど、思ってたより時間がかかるんだな……。

経験値稼ぎと思ってサーチ&デストロイを繰り返したのが良くなかったかもしれない。

今のところ第一階層と第二階層のゾンビ相手にはまったく苦戦はしていないし。

これなら次はなるべく戦闘を避けて……いや、違うか。

そもそも俺はここに、自分の力を確かめるためにやってきたんだ。

無駄が多くても、とりあえず今の俺が使える魔法を確認しておくか。

今日一日は、効率はおいといて自分にできることを確認していくことにしよう。


スキルで覚えた魔法というのは、なんとなく発動するまでのやり方はわかっても、実際に使ってみないとどんな効果を発揮するかはわからない。

便利なようで、案外不便なのである。

色々と考えた結果、とりあえず今の自分が使える全ての魔法を一回ずつ使ってみることにした。

魔法はこれから長いこと付き合っていく、いわば俺の相棒だ。

なので純粋な効率だけじゃなくて、使用感とかも大事になってくるだろう。

「まず最初は……光魔法から行くか」

しばらくはここにいるつもりだから、順番的には『騎士の聖骸』で活躍するであろう光魔法が一番優先順位が高い。

練習場所としては、第二階層を使うことにした。

今のところ同業者とは誰一人会ってないけど、少しでも遭遇する可能性は減らしておきたいからね。

とりあえず単体で動いているゾンビを見つけ、テストを始めることに。

「バインド！」

ＬＶ１で使えるようになる魔法は、ライトとバインド。

前者は指先に明かりを灯《とも》し、後者は光の縄のようなもので相手を拘束する魔法だ。

俺が放ったバインドはゾンビの腕の周りに巻き付き、しっかりと固定される。

「ウボ……アァッ!!」

ただ拘束力自体はどうやらそこまで高いわけではないようで、ゾンビは数秒もすれば力技で解いてしまった。

「もいっちょバインド！」

けどこの技は技の出が結構速い。

感覚的にはライトアローを出すまでに一秒かかるとすれば、こっちはその半分くらいだ。

放ったバインドが今度はゾンビの足へと飛んでいく。

けれど足は動くため狙いがつけにくい。俺が放った魔法は、あっけなく回避されてしまった。

確実に相手に魔法を当てられる場所に使わないと無駄打ちになりそうだが……一瞬の隙を作るのにはもってこいだ。

相手に拘束を解くという無駄な動作を踏ませる間にもう一発魔法を叩《たた》き込めば、無防備なところに一撃を入れられる。

「バインド、からの……ライトアロー！」

早速アイデアを試すべく、バインドで腕を拘束。

そしてそれを解こうとゾンビがもがいているところに、ライトアローが命中した。

ゾンビはそのまま息絶え、地面に倒れ込む。

死んだ（この表現が正しいかはわからないけど）ゾンビの身体にバインドをかけていく。

どうやらこの光の縄はものにくっつく特性があるようで、四肢のそれぞれに放って床に縫い付ける、といった使い方もできることがわかる。

「次はＬＶ２の魔法だけど……うむむ」

ＬＶ２で覚えられる光魔法は二つ。

散々お世話になっているライトアローと、傷を癒やすことができる光の回復魔法であるヒールだ。

ヒールも使ってみたいが……今のところ怪我《けが》をしてこなかったから、使う機会がなかったんだよな。

でもやると決めたからにはちゃんとやろう。

アイテムボックスを使い、中から果物ナイフを取り出す。

そして軽く振って、指先に小さく傷をつけた。

「思ってたより痛いな……」

今まで暴力と無縁の生活を送ってきた俺には、可能な限り浅く切ったナイフの傷も普通に痛かった。

慣れない痛みに顔をしかめながら魔法を使う。

痛みのせいか、発動までに五秒近い時間がかかった。

「ヒール」

俺の指先にやわらかい白光が留まり、傷がたちどころに癒えていく。

巻き戻し映像を見ているようで、なんだか少し気味が悪い。

傷は跡すら残っておらず、痛みも完全に消えていた。

けれど少し気になったことがあるので、もう一度ヒールを使う。

「ヒール」

すると今度は、ライトアローと同じく一秒くらいで発動することができた。

五秒もかかったさっきとの差は何か。

――多分だけど、集中力の差だ。

魔法は発動させるために、精神を集中させる必要があるんだと思う。

怪我を負ったりしている状態だったから、普段よりも発動までに時間がかかってしまったんだろう。

となると、睡眠不足や空腹なんかも魔法発動に影響があるかもしれない。

スマホアプリを使えば時間も計れるし、今度計測してみよう。

「よし、次はっと……」

どんどんとＬＶの高い光魔法を使っていく。

ＬＶ３で覚えるのは閃光弾《せんこうだん》のような感じで目映《まばゆ》い光を発するフラッシュと、光の盾を出すシールド、そして味方に攻撃のバフをかけるストレングス。

ＬＶ４で覚えるのはさっき使っていたライトアローレインと、ヒールより強力な回復効果を持っているハイヒール、味方に防御のバフをかけるフォーティファイ。

ＬＶ５で覚えるのが状態異常を治すキュアと、光の鞭《むち》を放つライトウィップ、魔法を跳ね返す光の壁を生み出すリフレクション、味方に俊敏のバフをかけるクイック。

ＬＶ６で覚えるのがハイヒールより強力な回復魔法のオールヒールと、継続的な回復効果をもたらすリジェネ、そしてより強固で大きな盾を生み出すハイシールド。

ＬＶ７で覚えるのが光の剣を生み出したり、刀身に光魔法を宿らせたりすることができる光の魔法剣（これは魔法名が決まっていないようで、自分が好きな名前で呼ぶことができる）。

ＬＶ８で使えるようになるのが魔物除《まものよ》けの光の結界を生み出すサンクチュアリ。

ＬＶ９で使えるようになるのが光の回復魔法の中で最も高難易度で、同時に欠損なども治せるラストヒール、そして魔法物理の全てを防げる守護の盾を呼び出すアイギス。

ＬＶ10で覚えるのが光の柱を召喚するジャッジメントレイ。

そしてもう一つ……今はまだ使えない、なんらかの魔法がある。

なぜ使えないのかはわからない。実績解除が足りないのか、光魔法の練度が足りないのか……まあなんにせよ、使えないのだから一旦放置でいいだろう。

こうして改めて全部の光魔法を使ってみて……俺は思わずつぶやいていた。

「いや……光魔法、強すぎじゃない？」

光魔法はかなり汎用性が高い。

攻撃、防御、回復にバフ……あらゆる局面で必要となる魔法が揃《そろ》っている。

攻撃魔法が少なめなのが欠点かもしれないが、その弱点も他の属性が使えれば十分補える。それに魔法剣なんかもあるから、近接戦もできそうだし……やっぱり近付かれたら終わりっていうのを避けるためにも、近接戦闘の練習もしなくちゃいけないよな。

バリエッタさんに頼んだら、剣術を教えてもらえたりしないだろうか。

回復魔法は一応他の属性にもあるんだけど、種類が少ない。

どれだけ一属性を極めても、光魔法でいうところのヒールくらいまでしか使えるようにはならないのだ。

まあ、火力不足に関しては別の属性の攻撃魔法でなんとかするしかない。

それなら使うのは、技の出が速く威力も高い雷魔法を使うのが一番いいだろう。

今俺の使える魔法の中で一番威力が高いのは、雷魔法だ。

元々の威力が高いのは間違いないんだが、高威力が出ている理由はそれだけではない。

というのも、どうもこのスキルのLVという概念は、ただ覚える魔法が増えるというだけではないようなのだ。

多分だがLVは魔法の発動までの速度と威力にも関係している。

俺がそう確信したのは土魔法LV1で覚える地面から土の槍《やり》を出すアースランスと、雷魔法LV1で覚えるライトニングの二つの違いがあまりにも大きすぎたからである。

アースランスはゾンビを倒せるかも怪しい威力しか出ないのに、使用までに三秒くらいの溜《た》めが必要になる。

対してライトニングはどうかというと、発動までが流れるようにスムーズで、技の出まではバインドより更に短い。更に威力はゾンビを簡単に倒しその身体《からだ》を焦がすことも余裕なほどに高いと来ている。

同じくLVが10でMAXになっているものに時空魔法があるが、こちらはどちらかというとものを入れるアイテムボックスや、別地点に瞬間移動することができるジョウントといったトリッキーな魔法が多く、純粋な攻撃魔法はほとんど存在しない。

そのおかげで時空魔法だけは昨日草原で全部試してみることができているのは、不幸中の幸いと言ってもいいかもしれない。

っと、思考がずいぶんとあっちにこっちにいっちゃったな。

なんにせよ、しばらくは光魔法と雷魔法をメインにして戦っていくことにしよう。

雷魔法でも少しだけ臭いは出るが……そこは背に腹は代えられないってことで。


アリステラはゲームのような世界ではあるが、まぎれもなく現実だ。

なので基本的に、臆病すぎるくらいでちょうどいいと思っている。

ダンジョンの中での俺の作戦は常に、『いのちだいじに』でいくつもりだ。

「よし、とりあえず今日はここまでにするか」

再び第三階層へと繋《つな》がる階段へと戻ってきたところで、今日の探索を終えることにした。

色々と魔法を使って練習をしたことで、MPも結構がっつりと減っているし、何より心身共に疲労が濃くなってきた。

『自宅』のギフトを発動させ、MPを使って我が家へと戻る。

「ふぅ～……疲れた……（くんくん）」

自分の身体の匂いを嗅いでみる。

先ほどまでは常に腐臭の中にあったから気付かなかったけれど、自宅の中に入ってみると自分の身体がどれだけ臭いのかがすぐにわかった。

きっと空気清浄機の前に立てば、ものすごい勢いで匂いメーターが真っ赤に変わり、空気が清浄されていくことだろう。

「とりあえずずっと……」

俺はまず自分の服を全て脱ぎ、自分の身体に消臭スプレーをかける。

最低限臭いを取ったら、次に自分が着ていた服にリフレッシュを使って元の状態に戻していった。

そして綺麗《きれい》にした靴下を履いて、そのまま風呂場へ。

タオルでごしごしと念入りに身体を洗って、染みついた臭いを落としていく。

――俺と『騎士の聖骸』というダンジョンは、非常に相性がいい。

まずこのダンジョンにはほとんど人が寄りつかないため、俺は『自宅』のギフトの力を人の目を気にせずに使うことができる。

いちいち人目を気にしたりカモフラージュで宿を取ったりしなくて済む分、誇張抜きでグリスニアより過ごしやすいかもしれない。

また、ダンジョンには自己修復機能というものが備わっている。

ダンジョンにある死骸や装備はいつの間にか消えてしまい、またダンジョンの破壊の痕は数時間もすると消えてしまう。

なので俺がどれだけ威力の高い魔法を使っても、環境破壊を気にする必要がない。

そして冒険者達《たち》がこのダンジョンを毛嫌いする理由の一つである身体に死臭や腐臭が染みついてしまうという欠点も、『自宅』のギフトを使えば大いに軽減させることができる。

リフレッシュを使って物品を以前と同様の状態に戻し、しっかりとシャワーを使って身体を清める。

それでも臭いが落ちなければうちにある香水を振りかければ、匂いの上書きもできるはずだ。

おまけに疲れたら戻ってきてしまえば、寝ている最中や注意力が散漫になっている時に魔物の奇襲を受けるような事態も避けることができる。

『自宅』のギフト様々だ。

自宅にはもう、足を向けて寝られない。

寝るのが自宅じゃんというツッコミは、言いっこなしである。

「ふぅ……」

幸いそこまで臭いは染みついていなかったらしく、シャワーを浴びてから身体を洗えば臭いは完全に消えていた。

ドライヤーで髪を乾かしてから自室に戻り、ベッドに飛び込む。

時刻を確認すると午後二時前。

探索していた時間は六時間にも満たないはずだが……信じられないくらい疲れた。

魔物がやってくるかもしれないという緊張感が、こんなに精神をすり減らすとは。

俺が普通の冒険者だったら、間違いなく数日もしないうちに音《ね》をあげてしまうだろう。

「眠い……」

今すぐに寝入ってしまいたい気持ちを抑えることができず、俺はそのまま枕とマットレスに身体を預けてしまう。

反省と方針決めをするのは明日でいいだろう。

俺は布団を掛け、そのまま流れるように眠りに就くのだった——。

初めての探索と、魔法の練習。

この世界でやっていけそうだという手応えも感じられたが、課題も沢山見つかった。

いくつか思うところはあったけれど、やっぱり第一になんとかしなくちゃいけないのは、痛みへの慣れだ。

何度か自分の身体を傷つけて思ったが、やはり痛みを感じるとそれだけ魔法を使うまでに時間がかかってしまう。

攻撃を食らったせいで魔法が使えず後手後手に回ってやられてしまう……そんな未来が容易に想像できる。

なのであんまり気は進まないけど……痛みに耐える訓練をしていくことにした。

今後は探索を終えて自宅に戻る前に、自分の身体を傷つけて痛みを感じながら魔法を使う訓練をしていくことにする。

第二にやらなくちゃいけないことは、魔法をしっかりと使いこなすことができるようになること。

そのために俺は昨日の考えを更に発展させ、戦闘中に使うのは光魔法と雷魔法の二つに絞ることにした。

少しもったいない気もするけれど、下手に色々手を出して全部中途半端になるよりそっちの方がいいと思うのだ。

魔法も勉強とかと同じで、一個極めたら次はもっと簡単にいけるみたいな感じだと思うからさ。

俺の場合、魔法を使う時の選択肢が多すぎるのがボトルネックになりかねないんだよな。

どれを使えばいいか判断に迷ってやられるとか、ちょっとダサすぎるし。

既に九属性の魔法を使える状態で、更に言うと土魔法を除けばそれぞれ10近い魔法……つまりは現状で80以上の魔法が使えるわけだからな。

いざ魔法を使う時にどれを使えばいいかがわからないとなるという本末転倒な事態を避けるためにも、必要な処置だろう。

……あ、もちろん手札を知っておくのは必要なので、魔法を一回ずつは使うつもりでいる。自宅に戻る前に痛みに耐える練習をする時、余ったMPを使って試し打ちをしていくつもりだ。

そして戦闘用の魔法を身体に慣らしていくのと並行して行う第三の課題が、各属性のLV上げだ。

可能であれば早い段階で、MAXである10まで上げておきたい。

雷魔法LV10のグングニルや光魔法LV10のジャッジメントレイを見ればわかるが、やはり高LVの魔法は、純粋に強い。

先のことを考えれば、使えるようになって損はない。

それに魔法のLV上げ自体は自宅で色々と動いてるだけでできるから、第二の方針とかち合うこともないし。

基本的には電化製品を使ったり、蛇口を捻《ひね》ったりするだけでLVが上がっていくんだが、闇と土だけはいささかやり方が違う。

闇魔法のＬＶを上げるには真っ暗な空間の中でジッとしておく必要がある。ちなみに何《な》故《ぜ》か寝ているとカウントされないため、起きていなければダメだ。

そして土魔法のＬＶを上げるには庭に出て母さんのガーデニングを弄《いじ》らなくちゃいけないのだ。

これだけでＬＶが上がるわけだから、多分他の魔法使いが聞いたら憤死するような楽さだとは思う。

今まで面倒がってたんだけど……今後は寝る前にちょこちょことやっていこうと思う。

まあそれより何より、まずは第三階層の探索だ。

たしかここから先は出る魔物の種類が増えるんだったよな。

とりあえず、気を抜かずに行こう。

第三階層に下ると、洞穴なのは変わらないが第一・第二階層で感じていたような閉塞感が一気に消えた。

通路の横幅も更に大きくなり、更にところどころに碑銘のない墓が立ち並んでいる。

よく見ると卒塔婆《そとば》のようなものも刺さっていた。

墓は土葬とかしてそうな感じの洋式なので、ものすごい違和感だ。

「ウガウッ！」

地図を見ながらおっかなびっくり歩いていると、遠くから足音が聞こえてくる。

ズリズリと音が鳴っているのは変わらないけど、その速度は昨日まで相手をしていたゾンビ達と比べるとかなり速い。

やってきたのはでろんと右の目玉が飛び出して視神経がむき出しになっている、犬の魔物だった。

あれがゾンビドッグか。

ゾンビドッグは、基本的には素早い犬型のゾンビだ。

耐久はゾンビより低いらしいけれど、その分四足獣特有のスピードを持っているらしい。

「ライトニング！」

「ギャンッ!?」

動きが直線的なので、ライトニングで問題なく処理できた。

どうやら防御はゾンビより低いらしく、一撃で完全に絶命している。

続いてやってきたのは、ゾンビドッグが三体だ。

一体ずつ狙いをつけるだけの技量がまだ俺にないので、ライトアローレインで物量作戦に出ることにした。

幸い光魔法のＬＶの高さと魔法攻撃力の暴力によって、ライトアローレインの一発でもゾンビドッグは問題なく倒すことができた。

進んでいくとそろそろ第四階層への階段が見えてくるかというところで、また新たな魔物が出てきた。

「カカッ！」

「カカカッ！」

やってきたのは動く白骨であるスケルトンだ。

その数は二。手には粗末な石斧《せきふ》を持っており、歩く度にガチガチと歯が鳴っている。

こいつらはたしか、胸の奥にある核を砕かなくちゃいけないんだよな。

これは威力の高い雷魔法を試してみるいいチャンスだな。

こいつらには練習台になってもらうことにしよう。

雷魔法は、ＬＶ５になると覚える己の身体《からだ》に雷を纏《まと》わせて移動速度を上げるアクセルを除くと、その全てが攻撃魔法になっている。

中距離～遠距離のものが多いが、光と同様自分で名称設定が可能な魔法剣もある。

今のところはあまり使うつもりもないけどね。

さて、どの魔法を選ぶか……どうせなら一度でまとめてスケルトンを倒せるのがいいな。

「チェインライトニング」

俺が選んだのは、ＬＶ４になって覚えることのできる雷魔法のチェインライトニングだ。

こいつの特徴は、その名の通りライトニングがチェインしていくところにある。

「ガッ!?」

最初に、俺が放ったチェインライトニングが右側のスケルトンに当たる。

そしてピカッと瞬いたかと思うと……分裂。

分かれた雷は近くにいたもう一体のスケルトンに飛んでいき、見事に命中した。

「ギガッ!?」

両方とも一撃で核を壊すことができたようで、スケルトン達はそのまま動きを止めて地面に倒れ込む。

チェインライトニングはこんな風に、一度放つと近くにいる敵に雷が連鎖して飛んでいく魔法だ。

ライトアローレインと同じ、ゲーム的には全体攻撃に近い効果を持っている。

ただあちらが全体に弱いライトアローを放出してまんべんなく広範囲に攻撃を加えるのに対し、こちらはある程度近くにいる敵にしか雷が分裂して飛んでいかない。

そして分裂していく度に雷の威力は弱まっていく。

ただしその分、元々魔法の威力が高く、スピードも速い。

分裂する前のチェインライトニングは、ライトニングよりはるかに高威力。

今分裂した二つ目の雷も、ライトニングよりはるかに高火力だ。

これまたゲーム的な言い方をするなら、大量の雑魚《ざこ》敵相手に放つならライトアローレインが、五匹くらいまでに放つならチェインライトニングの方が良さそうだ。

「とりあえずスケルトンだし、核の回収をしておくか……」

この世界では、魔力がエネルギー源として使われている。

そして王国で動力源として使われているのが、魔物がその身に宿している魔石である。

これは基本的には心臓の中にあり、魔物の魔力を蓄えているため魔道具に入れればそのまま電池のように使うことができるということだ。

基本的には使い切りで、魔石の需要は常に供給を上回っている。

冒険者のようなならずものが街の一員として認められているのは、彼らが魔石という生活必需品を取ってきているという側面も非常に大きいのだ。

「これが核か……かなりバラバラになっちゃった。今度からちりとり使って集めるか」

この『騎士の聖骸』に出てくる魔物……というかアンデッドは、とにかく魔石が小さい。

ゾンビやゾンビドッグは爪の先程度の大きさしかないため、大量に集めてようやく買い取ってもらえるかどうか、という状態だという。

少し離れた距離でも腐臭がわかるようなゾンビ達《たち》を腑分《ふわ》けして、血だの腐った体液だのを浴びながら、そんなものを集める酔狂なものはおらず……ゾンビの死体というのは基本的にそのまま放置される。

ただ一応『騎士の聖骸』に出てくる魔物の中にも、換金できるようなものを持っているやつがいる。

そいつこそが、今俺が倒したスケルトンだ。

スケルトン系の魔物は、核という人間でいうところの臓器のようなものを持っている。

この核が体内で果たしている役割が魔石に近いらしく、魔力を良く通すらしいので、核は一応売れるのだ。

綺麗《きれい》であれば魔石と同じくらいの単価で売ることができるらしい。

けれどそもそもスケルトンの息の根を止めるためには核を破壊する必要がある。

つまり倒しても、手に入るのは……。

「ボロボロになった砕けた核ってことだ」

俺が必死になって袋の中に集め終えたのは、チェインライトニングを食らいボロボロに砕け散った核の残骸だった。

当然ながら砕け散った核は、とんでもなく買い叩《たた》かれる。

これを上に持っていったらいくらになるかはわからないが……あまり期待はしない方がいいだろう。

メリッサさんが持ってきてくれた依頼にも、核の欠片《かけら》は量り売りって書いてあったし。

核は売れるのに、核を壊さなくちゃ採取できない……なるほどたしかにこれはなかなかなストレスだ。

また一つ、『騎士の聖骸』が不人気である理由を発見してしまった。

別に今すぐ金を稼がなくちゃいけないってわけでもないし、俺的にはありがたいけどね。

雷魔法を使うと臭いが出るからライトアローレインで倒していきたいが……その気持ちをグッとこらえ、チェインライトニングとライトニングを使って第三階層を進んでいく。

使えば使うほど、自分の身体が魔法の使用に慣れていくのがわかった。

最初はチェインライトニングを使える状態まで持っていくのに三秒くらい時間がかかっていたけれど、今では一秒くらいで発動までこぎ着けることができるようになっていた。

道中、他の雷魔法も積極的に使っていく。

使い勝手でいくと、ＬＶ７で覚えるレールガンの魔法が格段に便利そうだった。

これは簡単に言えば劣化版グングニルだ。

最初に雷のラインを引き、そのラインに重なるように物体を飛ばすと、雷によって加速しながら飛ばすことができるのだ。

威力では劣るが小回りが利き、ＭＰ消費もそれほど高くない。

試しに銅貨をレールガンで射出してみたら、岩くらいなら簡単に貫通してしまった。

ただ威力が出過ぎたせいで壁の深くまで行ってしまい取れなくなったのは誤算だった

……今後銅貨一枚に泣くようなことがないことを祈ろう。

指弾のように指で弾《はじ》いたりせずとも、投擲《とうてき》でも発動はできるようなので、アイテムボックスに入れておいた石なんかを投げて使う形がメインになるかもしれない。

俊敏にバフをかけるアクセル――攻撃魔法や回復魔法と区別をつけやすくするため、便宜上補助魔法と呼ぼうと思う――を使ってみると、身体の周りにバチバチと紫電が飛び、動きがものすごく速くなった。

異世界に来て基礎能力値が上がり、ＬＶアップでそれが促進されたおかげで、俺の身体能力は既にアスリート並みだ。

けどアクセルを使った状態で動くと、なんというか……もう完全に人間を辞めた速度が出ている。

速すぎるせいで、ちょっと動くだけで景色が一気に変わり、ものすごく目が回る。

症状は前にバスで林間学校に行った時の車酔いに似ている。

何度か使って慣れていかないと、とても戦闘で使えそうにない。

周りに飛んでいる雷も、スーパーサイ〇人みたいで、なんか格好いい。

髪の毛が逆立ったりはしないけど、絶妙に気分が上がってくるぞ。

バフの重ねがけはできるのかと思い再度アクセルを使ってみると……特に変化なし。

アクセルの魔法自体は発動したんだが、俺にかけても不発に終わった。

何回も掛け合わせて倍々で超高速化できれば、距離を取り続けて魔法で一方的に殲滅《せんめつ》とかできるかと思ったんだが……そう上手《うま》くはいかないか。

「光の補助魔法とならいけたり……おおっ！　いけるじゃないか！」

ダメ元で光の補助魔法であるクイックを発動させてみると、なんとアクセルと併用が可能だった。

同じ補助魔法でも、アクセルとクイックは結構違う。

光の補助魔法であるクイックの場合、動きは滑らかに速くなる。

動きが速くなっているということが自分でもわかるし、それに伴って自分の知覚能力なんかも上がっている実感がある。

多分だけど、脳みその処理速度なんかも上げているんだと思う。

対してアクセルの方はというと、とにかく身体の動きが速くなる。

効果はクイックより強いんだが、どうやら効果があるのは純粋な身体能力に関してのみらしい。

意識の方が、身体の動きに完全に追いついていないのだ。

「でもこれなら……ギリギリなんとかならないこともない、かなっ？」

アクセルだけだと身体に振り回されていたが、そこにクイックを重ねがけすれば感覚もいくらかマシになった。

す、すごい。

自分の残像が見えそうなくらいの速度だ。

なんだか最高にハイってやつに……。

「うぷ……」

喉の奥に酸っぱいものがこみ上げてくる。

補助魔法の二重掛けでテンションが上がりすぎていて、俺の身体の許容量を超えてしまったらしい。

こみ上げてくるものを必死にこらえながら、立ち止まって呼吸を整える。

魔法瓶の水筒に入った冷たい水を飲むと、いくらか落ち着いてきた。

「ギャンッ！」

すると間が悪く、猛烈な吐き気に襲われているところで向こう側にいるゾンビドッグに気付かれてしまった。

幸い距離はある。

本調子からはほど遠い……せっかくだしここで、正常じゃない状態で魔法を発動させたらどうなるか、試してみることにしよう。

「うぷ……ラ、ライトニングッ！」
一、二、三……。
何度も使うことで練度が上がり、ほぼノータイムで発動することができていたはずのライトニングが、三秒もの時間をかけてようやく発動する。

「ギャンッ！」

幸い威力は変わらないようで、一撃でゾンビドッグを倒すことができた。

……けどやっぱり、魔法発動までにかなり時間がかかったな。

これで魔法の発動には体調が関わってくるのは確定だな。

しっかりと体調を整え直してから先へ進むと、一時間もかからないうちに第四階層への階段が見えてきた。

とりあえず第五階層まではサクサク進めそうで一安心だ。

まあすぐに進むかどうかは、第四階層の魔物次第なんだけどさ。

第四階層へとやってきた。

まず進む前に、現状のステータスを確認しておく。

躊躇《ちゅうちょ》なく魔法を連発していたから、ＭＰが結構減っていると思う。


〜〜〜〜〜〜〜〜〜〜〜〜〜〜〜〜〜〜〜〜〜〜〜〜〜〜〜〜

【鹿角勝《かづのまさる》】
ＬＶ８
ＨＰ　１９０／１９０

ＭＰ　４０３／６８８
攻撃　39
防御　59
魔法攻撃力　１０５
魔法抵抗力　82
俊敏　33
ギフト『自宅』ＬＶ３
スキル
光魔法ＬＶ10（ＭＡＸ）　闇魔法ＬＶ５　火魔法ＬＶ７
風魔法ＬＶ８　水魔法ＬＶ９　土魔法ＬＶ２
雷魔法ＬＶ10（ＭＡＸ）　氷魔法ＬＶ５　時空魔法ＬＶ10（ＭＡＸ）
〜〜〜〜〜〜〜〜〜〜〜〜〜〜〜〜〜〜〜〜〜〜

一応、俺のＬＶが８まで上がった。

でもオークを倒していればサクサク上がってた時と比べると、ＬＶの上がるペースは明らかに鈍化しているように思える。

当然ながら自分より弱い魔物を狩り続けていれば、どんどんＬＶは上がりにくくなっていくようだ。

ＬＶアップのために必要な経験値が増えていく、みたいな感じだろう。

あと特筆すべき点は、かなり魔法を使っていたからか魔法攻撃力が上がっているところと、一ヶ月引きこもったことで下がった俊敏のステータスが1上がった（戻ったと言うべきかな？）ことくらいだろうか。

やっぱり実戦で魔法を使うと、自宅にいるより上がるスピードが速い。

俺の場合、ネックになるのはやっぱりＭＰの枯渇だ。

肉体的にはまだまだ余裕はあるんだけど、既にＭＰを三分の一以上消費してしまっている。ＬＶの高い魔法はその分高威力で使い勝手がいいが、消費するＭＰも高いからな。

なんやかんや結構な数の敵と出くわすから、自然回復に追いつくくらいにＭＰを節約するのも難しいし。

魔法使いのソロが厳しいと言われる理由を肌で実感しながら進んでいく。

すると第四階層になると出没するというレイスが現れた。

「オォォ……」

その見た目は、日本的というより西洋的な幽霊だ。

女性型で、身体《からだ》はどこか緑がかっていて、ばさっと無造作に広がっている髪の毛が謎の力でふよふよと浮いている。

足はなく目はうつろで、口角は明らかに人体では不可能な領域まで上がっていた。

どこか楽しそうに徘徊《はいかい》しているレイスがこちらを確認すると、その形相を怒りに変える。

「オオォッ!!」

何も悪いことをしたつもりはないんだが、どうやら大層ご立腹のようだ。

レイスは叫び声を上げながら、こちらにするすると移動してくる。

聞いてると胸の奥がちょっとざわつく、なんだか嫌な感じがしてくる。

……もしかして、この叫び声が状態異常攻撃なのか？

なんでもレイスの叫び声には相手を恐慌・狂乱の状態異常にさせる効果があるらしい。

俺に効かないのは……多分魔法抵抗力が高いからだろう。

レイスを始めとする霊体系の魔物には、通常の物理攻撃は通用しない。

倒すには魔法か、魔法のかかっている武器、魔法の籠もっている武器のいずれかで攻撃する必要がある。

なので前衛の人達《たち》が相手だと、かなり相性が悪いらしい。

俺との相性は、悪くはなさそうだけど。

「ライトニング」

「オオォ……」

ふよふよ近付いてくるレイスにライトニングを当てると、どうやら効いているようで苦《く》悶《もん》の声を上げられる。

そして嘆きの声を残し、レイスの姿がその場からスッと消えた。

……霊体系の魔物は死体を残さないというから、多分これで倒した扱いになるんだろう。

別に何かを拾ったりするわけでもないけど、倒しても魔物の死体が残らないのはなんだかちょっと違和感だ。

俺もダンジョン探索というやつに染まってきているのかもしれない。

第四階層に出てくる魔物はレイスだけ。

そのためほとんど臭いがせず、歩いていても思わずえずいたり、曲がり角で突然腐臭が漂ってきて気分が悪くなるというようなこともない。

なので今までにないほどサクサクと探索が進んでいく。

サーチ&デストロイをしながら数十分も経《た》つと、すぐに第五階層への階段が見えてきた。

身体の疲れ的には……問題はない。

このまま行くかどうかはちょっと判断に悩むところだ。

第五階層にはこれまで出てきた魔物全てに加え、スケルトンの上位種であるスケルトンソルジャーが出現するらしい。

スケルトンソルジャーの核の破片はゴブリンの魔石くらいの値段で売れるらしいから、倒すのが楽しみではあるんだけど……スケルトンソルジャーの強さがわからないから、可能な限りLVを上げてから挑みたいという気持ちの方が強い。

「……よし、今日は第四階層に籠もろう」

ここは少し石橋を叩《たた》いて渡るつもりで、レイス狩りをしてLVを上げながら魔法の練習をしようかな。

LV上げや魔法の確認をするには、この階層が一番適しているのは間違いない。

何せ一番MPを食うリフレッシュを節約できるから、その分使える魔法の数もずいぶんと変わってくるはずだし。


一体どれだけレイスを倒しただろう。

途中から数えるのはやめたけど、確実に数百体は倒しているはずだ。

行き止まりで溜《た》まっているレイスをまとめてチェインライトニングで倒したり、稲妻のようなジグザグな軌道を描くライトニングの上位の魔法——ライトニングボルトを上手《うま》く制御して一発で複数のレイスを倒せるように位置取りを調整する練習をしたり……そんなことをしながら数多《あまた》のレイスを屠《ほふ》っていく。

最初は細かくステータスを見てMP消費を数えていたが、途中から完全に無心になってレイス絶対殺すマシーンとして魔法を使い続けていた。

疲れからようやく自我を取り戻した俺が、ハッと気付いて時刻を確認すると、既に探索を開始してから五時間が経過していた。
控えめに言ってもこの第四階層で、見敵必殺の勢いで魔法を使いまくっていた俺のＭＰが未《いま》だに切れていないのには、当然理由がある。

～～～～～～～～～～～～～～～～～～～～

【鹿角勝】
ＬＶ15
ＨＰ　２６０／２６０
ＭＰ　２０３／７６０
攻撃　53
防御　73
魔法攻撃力　１２８
魔法抵抗力　１０３
俊敏　57
ギフト『自宅』　ＬＶ３
スキル
光魔法ＬＶ10（ＭＡＸ）　闇魔法ＬＶ５　火魔法ＬＶ７

風魔法ＬＶ８　　水魔法ＬＶ９　土魔法ＬＶ２
雷魔法ＬＶ10（ＭＡＸ）　氷魔法ＬＶ５　時空魔法ＬＶ10（ＭＡＸ）
魔力回復ＬＶ２

〰〰〰〰〰〰〰〰〰〰〰〰〰〰〰〰〰〰〰〰〰〰

俺のスキルに、新たに魔力回復が足されたのだ。

これは単純に魔力の自然回復を強化してくれるスキルのようで、これのおかげでライトニングやライトアローをちょこちょこ放っているくらいでは、あまりＭＰの消耗を気にしなくても良くなった。

さっきはＬＶ１で、十分で今までの倍である２ＭＰが回復するようになっていた。けど気付けばＬＶが２に上がっている。

これの回復量がどうなのかは、後で見ればいい。

「――よしっ！」

ということで俺はサンクチュアリを張ってレイス除《よ》けをしてから、アイテムボックスの果物ナイフを取り出す。

そして勇気を振り絞り――それを自分の腕に突き入れた。

「い……痛たたたたたたた!!」

初めて味わう衝撃に、頭の中が真っ白になる。

なんだこれ、とてつもなく痛い。

けれど痛みはすぐに消えた。代わりにやってきたのは熱さ。

腕の中にある血管がドクドクと脈打ち、患部がとにかく熱くてたまらない。

「ラストヒー……って、違う！　ダメだダメだ！」

すぐにでも回復魔法を使おうとする自分に活を入れる。

ナイフを刺したまま回復して、完全に肉と癒着されたりすると困る。

痛みに慣れてないからって、いくらなんでも頭が回ってなさ過ぎるぞ俺。

落ち着け、別に命の危機ってわけじゃない。

ただ果物ナイフが、腕に刺さってるだけだ。

「ふうーっ、ふうーっ……」

荒い息を吸って、吐いてを繰り返す。

熱さが消え再び痛みがぶり返してきているのがわかるくらいには、思考能力も戻ってきた。

ステータスを確認する。

ＨＰは12減っていた。

マジ、この痛みで12なの!?

なかなか死ななそうなのは助かるから、ＨＰが高い分には文句は言わないけどさ！

「よし、いくぞ……一、二の……三ッ！」

自分で発したかけ声と同時に、グッとグリップに力を入れ、そのまま一息に引き抜く。

開いたままのステータスを見ると、更にＨＰが３減っていた。

「……ああもうっ、全然使えないじゃんか！」

一刻も早くこの痛みを消し去りたかったので、最上位回復魔法であるラストヒールを使ったのだが……まったく魔法発動の準備が整わない。

痛みから意識が患部にいったりステータスにいったり、遠くに見えるレイスにいったりと、自分でもわかるくらいに注意力が散漫になっている。

こんな状態では、魔法を使うのにも一苦労するのは当然のこと。

結局ＬＶが高い魔法であることもあり、ラストヒールを使うまでには永遠にも思えるほど長い時間がかかってしまった。

「――ラストヒール！」

閃光弾《せんこうだん》ばりのルクスがありそうなフラッシュより明るいにもかかわらず、なぜか目を開けていることができる不思議な光がこの場を満たす。

そしてビデオを逆再生するかのようにもこもこと肉が盛り上がると、あっという間に傷が消えてしまった。

「……なんかちょっとグロいかも」

そんなどこかズレた感想をいいながら、余っているMPを使うべく魔法の使用感の確認に移る。

にしても……はぁ、疲れた。

こんなことを後何回もやらなくちゃいけないと思うと気が滅入《めい》りそうになってくるよ。

なんか貧血気味な気がするし、今日はもりもりご飯を食べよう。

解凍が面倒だったから手をつけてなかったけど、冷凍している神戸牛のステーキを食べて精をつけることにしよっと。


『騎士の聖骸』にこもり始めること早十日。

結局訓練に都合がいいのは間違いないため、俺は第五階層には潜らず未だ第四階層に留《とど》まり続けていた。

色々な変化があったし、同時に限界を感じるようにもなってきた。

一通り落ち着いたので、そろそろ動き出すのには良い頃合いだと思う。

まず最初の変化は、時計を使うのをやめるようになったことだ。

その代わりに使うのは、アプリのストップウォッチ機能である。

このアリステラの時間は、俺達現代日本と同じ一日二十四時間だ。

時間には若干のズレがあったが、修正さえすれば時計も問題なく機能する。

けれどことダンジョン攻略において、あまり今の時間を知る意味はない。

ダンジョンの中は常に薄暗いし、魔物の強さが昼と夜で変化するというようなこともないからだ。

ということで俺は探索時間と睡眠時間という分け方をすることで、よりダンジョン内での行動を最適化できるように心がけることにした。

その結果、面白いことがわかった。

自分の睡眠時間を変えながら色々と試してみた結果、魔力を全回復させるのに必要なおおまかな時間が判明したのだ。

どうやら魔力というのは、六時間以上の睡眠を取ることで全回復するようになるらしい。

というわけで俺は六時間寝てから探索をこなし、それを終えたら自分の身体《からだ》を物理的に痛めつけてから家で休憩。

その後に魔法のＬＶ上げという感じで、一連の流れを一セットにすることでどれもなおざりにしないやり方を取ることにした。

しっかり休息を取りながら庭の土を掘り進めてはリフレッシュを使って元に戻す、賽《さい》の河原《かわら》状態での土いじりによる土魔法のＬＶ上げ。

暗闇で瞑想《めいそう》をしながら、自宅に戻る前に使った魔法をどうやったら上手く使えるかイメトレをして闇魔法のＬＶ上げ。

製氷機で氷を作ってはシンクにぶちまけ、再び製氷機に水を入れるという狂気的な行動を繰り返したことによりたしかに氷魔法のＬＶは上がったが、俺の家のシンクが魚の冷蔵保存室みたいになってしまった。

こうして俺はＭＰを無駄にすることなく、効率的な練習に励んだのである。

何度も大量のＭＰを回復したからか、魔力回復のＬＶも順調に育ってきている。

その結果、俺のステータスはこんな感じになっている。

～～～～～～～～～～～～～～～～～～～～～～
【鹿角《かづの》勝《まさる》】
ＬＶ18
ＨＰ　290／290
ＭＰ　123／827
攻撃　59
防御　79
魔法攻撃力　137
魔法抵抗力　112

俊敏　64
ギフト『自宅』ＬＶ３
スキル
光魔法ＬＶ10（ＭＡＸ）　闇魔法ＬＶ６　火魔法ＬＶ７
風魔法ＬＶ８　水魔法ＬＶ９　土魔法ＬＶ４
雷魔法ＬＶ10（ＭＡＸ）　氷魔法ＬＶ６　時空魔法ＬＶ10（ＭＡＸ）
魔力回復ＬＶ４
〜〜〜〜〜〜〜〜〜〜〜〜〜〜〜〜〜〜〜〜〜〜〜〜〜〜

引きこもって下がっていた俊敏がようやく完全に戻ったが、それは特段重要じゃない。

やはり目が行くのはＬＶだ。

俺のＬＶはたしかに上がっているんだが……既にここでのＬＶ上げはちょっと頭打ちな感があるのだ。

やってきたばかりの時は一日で10も上がっていたというのに、今は十日でたったの３しか上がっていないのだ。

ゲーム的な表現をするのなら、ここはもう俺の適正な狩り場ではないんだと思う。

痛みにもずいぶんと慣れた。

慣れというのは恐ろしいもので、最初は痛みでまともに考えることすらできなくなっていた俺も、何度も刺しては回復してというのを繰り返すうちに、今では腕にナイフを刺した状態でもレイスを瞬殺できるようになっていた。

痛みに耐える訓練と魔法の確認を始めること十日。

戦うために必要な準備はできたと思う。

ということで新たに力をつけ万全を期した俺は、第五階層へと進むことにした。

第五階層の探索が終わったら一旦地上に戻り、メリッサさんから言われていたスケルトンソルジャーの核の破片の依頼の達成報告をするつもりだ。

しばらく人と話していないからか、妙に人恋しく感じる。

異世界に来たら寂しさを感じるというのはなんだか都合が良すぎる気もするけれど……引きこもりを脱却しつつあると、プラスに捉えることにしようかな。

幸い時間はあったため、既に雷魔法と光魔法以外にも、一通りの魔法を試すことができた。今日はその結果発表をしていきたいと思う。

戦闘時の魔法は雷と光に絞るが、戦闘以外に使える魔法があるなら使おう。

なんかいいのがあればいいな。

そんな風に考えていた俺に一番役立った魔法は、意外にも風魔法の一つだった。

風魔法ＬＶ６で覚えるウィンドサーチ。

これは風に己の魔力を通すことで、外敵を探すことのできる魔法だ。

自身が放った風がどのように動いたかという情報がわかるようになり、動いているものの反応を捉えることができるようになる。

これを使うことで、俺は魔物の反応を簡単に探知することができるようになった。

おかげでサーチ＆デストロイも更に簡単になり、今ではリポップした瞬間にレイスを狩れるようになった。

その他で言うと、火魔法はやはり戦闘特化。

水魔法は水を動かして相手を窒息させたりすることができるがややトリッキー。

土魔法はＬＶが上がりきっていないのでまだ完全にはわからないが、罠《わな》を設置したりして事前に準備をしてから相手を迎え撃つのに使えそうだ。

氷魔法は攻撃を当てると、相手を凍結状態にさせることができる。

火魔法と同じで相手に状態異常を与えながら戦えるというのがメリットになるだろう。

時空魔法は色々と特殊で、今のところ俺が使っているのはアイテムボックスだけだ。

ただ時空魔法は色々と小回りが利く魔法が多い。

恐らく今後頼りにすることになるのはＬＶ９で覚える、今自分がいる空間を認識するパーセプションの魔法だろう。

こいつは簡単に言えば、頭の中に自分のいる空間の地図を出す魔法だ。

正確さはそこまでではないし、階層を下る階段の場所もわからないが、それでも何も情報がない第六階層以降に潜るにあたっては、確実に必要になってくるだろう。

対象を加速・減速させたりできる魔法を使ってグングニルやジャッジメントレイといった強力な魔法を更に加速させて威力を上げたり。

瞬間移動を連続して使いながら相手を置き去りにする超速スピードバトルを展開したり。

色々なことができそうで夢が広がりんぐ状態ではあるんだけど、そもそも魔法の二重起動ができない俺からすると難易度が高すぎる。

そして最後に闇魔法。

こいつは簡単に言うと……なんか暗い魔法だ。闇魔法は攪乱《かくらん》や隠密《おんみつ》に長《た》けたものが多い。

影を固形化させて射出するブラックバレットや影剣として使うシャドウアーツは中二心をくすぐるものがあるが、恐らく闇魔法の強い部分はそういった純粋な攻撃力ではない。

真っ黒な煙幕を広げるスモークカーテンや、相手に暗闇の状態異常をかけるダークネスフォグ、そして影の中に自分の身を入れることのできるシャドウダイブといった魔法がその真骨頂だろう。

俺がなんか暗い魔法だと言った意味もわかってきただろう?

ただ光魔法でバフを覚えることができたから、闇魔法ではデバフが覚えられるとばかり思っていたんだけど、今のところデバフの魔法は一つも覚えていない。

もしかするとこの世界には、状態異常攻撃はあってもデバフの魔法ってものは存在しないのかもしれないな。

とまぁ、この十日間で俺の魔法研究もずいぶん進んだ。

なのでこれらの魔法を上手《うま》く使えるようにするために、全ての魔法の確認を終えた今は、闇魔法と時空魔法を使いこなせるように練習しながら、雷魔法・光魔法を身体に染みこませるように使いまくってMPを消費するようにしていたというわけ。

さて、これなら第五階層も大丈夫だろうと思い挑んでみたわけだが……。

「レールガン」

「グガガァァッ!?」

石橋を叩《たた》きに叩いてから挑んだ結果、スケルトンウォリアーは俺のレールガンの一撃で粉々に砕け散り。

なんならチェインライトニングで三匹まとめて葬り去ることまでできるとわかり。

ちょっと頑張りすぎたかなと思いながらも、使い続けることで徐々に索敵範囲の広がってきたウィンドサーチを使いながらスケルトンウォリアーを倒しまくり、家にあった妙にダサい柄の巾着袋がいっぱいになるまで、核の欠片《かけら》を詰め込むのだった——。

足かけ十一日ほどの時間をかけて、きっちり第五階層までの踏破とひとまずの魔法の訓練が終わった。

ちなみにあまりに身ぎれいすぎると逆に怪しまれると思い、スケルトンウォリアー狩りをしてからはリフレッシュや着替えはしていない。

そのせいで、とんでもない臭いが染みついてしまっている。

「街に戻ったら嫌な顔されないといいな……」

『騎士の聖骸』で長期間探索をすると、腐臭が長いこと落ちなくなる。

そのせいで恋人や結婚相手とギクシャクしたり子供が近付くのを嫌がったりするため、このダンジョンは大切な人との絆《きずな》を壊す場所としても有名らしい。

あ、そういえば『自宅』ギフトのドア設置は、ダンジョンの各階層に行うことができることがわかった。

どうやらダンジョンは階層ごとに別々の場所と判断されるようだ。

なので俺は一度家に入ってからドア設置を行う時に、どの階層からでも探索を始めることができる。

通常は一度潜ったら来た道を引き返すという過程が必要になるけれど、俺にはその必要もないのである。

……考えるとこのギフトって、わりと気軽にどこで○ドアみたいな感じで使えるんだよな。やっぱり『自宅』の有用性は、止《とど》まるところを知らない。

本当なら『自宅』の力でショートカットしたいけど、念のために『自宅』の力は使わず、自分の足で第一階層まで戻っていく。

第五階層にいた時間はそれほど長くなかったし、あんまり身ぎれいすぎて怪しまれたりしたら嫌だしさ。

「……おえっ、何か考え事でもしとかないと臭いで頭がおかしくなりそうだ」

綺麗《きれいず》好きな日本人として、ゾンビの腐臭や腐肉の焼けた臭いはなかなかに許容しがたい。

ここしばらくの間レイスのいる階層で刺激臭とは縁遠い生活をしていたこともあって、久方ぶりのパワフルな臭いに目にうっすらと涙が溜《た》まる。

さっさと街に戻ろうと、ウィンドサーチを使って可能な限り接敵を避けて最速で地上を目指すことにした。

第二階層の途中あたりで完全に鼻が馬鹿になり、以後臭いを気にする必要はなくなった。

正直大変ありがたい。

「ウボオォ……?」

今回の帰路で、俺は秘《ひそ》かに一つの目標を立てていた。

それは——戦いを一度もせずに切り抜けること。

ウィンドサーチを使い索敵をすれば、風の動きで動いている魔物であれば簡単に捉えることができる。

けれど幅は広いといっても中は洞穴であり、どうしても敵との遭遇が避けられないこともある。

そんな時に使えるのが……デデンッ！

このシャドウダイブなんですねぇ！（裏声）

影の中に潜るこの闇魔法を使えばあら簡単。

「ウボオォ……」

完全に姿を消すことができるので、魔物も俺のことを捉えることができなくなるわけなんですねぇ！

……とまぁ、プロショッパーのような口調は疲れるからここで止《や》めておくとして。

どうやら第五階層までに出てくるアンデッド達《たち》の知覚なら、闇魔法で問題なく誤魔化すことができるみたいだ。

どれくらいの隠密性があるのかは、正直気になるところだな。

匂いや魔力みたいなところから感づかれるなら、一気に使いどころが限定されちゃうし。

と、そんなことを考えているうちに、地上に戻ってきた。

久しぶりの地上だ。

すうーっと大きく深呼吸をする。

く、空気がマズくない！

感動のあまり、思わず目が潤む。

……いや、そんなの当たり前のことではあるんだけどさ。

でも当たり前のことに感謝できるような自分でありたいよね。

久しぶりの人里にちょっとハイになってわけがわからなくなりはじめている俺の視界に、来る時に見た小屋が映る。

少し迷ったが、中に入ることにした。

バリエッタさんはアドバイスもくれたし、挨拶はしておくべきだろう。

「すみませ〜ん」

「なんじゃ、定期購読ならお断りじゃ……いや、前に来た坊主か！」

誰だかわかったからか、勢いよく扉が開かれる。

そこには驚いた顔をしてこっちを向くバリエッタさんの姿があった。

「一応第五階層まで踏破したので、連絡をと思いまして……」

「──なんじゃと!?　……それなら一度、中に入ってくれい」

「え、いやでも汚いですし……」

「こんなとこで暮らしてるんじゃ、腐臭にも慣れたもん……（くんくん）」

鼻をひくつかせて首を傾《かし》げるバリエッタさん。

長いこと潜っていたにしては臭いが……とぶつぶつ呟《つぶや》いている。

これはヤバいかもしれない。

彼が何かに勘付いてしまう前に、さっさと話を終わらせよう。

——そうだ、バリエッタさんは第六階層のことを知っている様子だった。

それなら詳しい話を聞かせてもらってもいいかもしれない。

小屋の中は、想像していたよりも数段整っていた。

石でできたテーブルの上には紐《ひも》でくくりつけられている書類がいくつも束になっている。

そして少し離れた壁面にある暖炉は暖かな火をパチパチと爆《は》ぜさせながら、部屋の中の温度を熱すぎず寒すぎないように調整してくれている。

「すまんの、この年になると寒波がつろうてな」

「いえいえ」

促されるままに椅子に座る。

木製の丸椅子は座るところに革が張ってあって、座っていてもお尻が痛くならなそうだ。

「それで、『騎士の聖骸』を第五階層まで踏破したということじゃが……」

バリエッタさんの目がキラリと光る。

何も嘘《うそ》はついていないので、堂々と胸を張っておく。

すると俺の気持ちが通じたからか、ふむと一つ頷《うなず》く。

「前より魔力も増えておるな。たしかに厳しい戦いをくぐり抜けてきたのは間違いないようじゃ」

「スキルでそんなことまでわかるんですか？」

「まあわしくらいになるとこれくらいはお茶の子さいさいじゃよ」

バリエッタさんはそれだけ言うと、くるくると丸まっている紙のうちの一つを手に取った。

「そういえばお主、名はなんという？」

「マサルです」

「そうか……ではマサル、お前には第六階層以降へ足を踏み入れる覚悟があるということでいいんじゃよな？」

「それは……」

その先の答えがキーになる。そんな直感があった。

——既に調べていたから知っているんだが、実は冒険者ギルドには第六階層以降の地図そのものが存在していない。

なぜかはわからないけど、詳しい話を聞こうとしても、メリッサさんからははぐらかされてしまったのだ。

けれど目の前にいるバリエッタさんは、その口ぶりから察するに明らかに第六階層以降に足を踏み入れたことのある人物。

つまり俺がここから先に行くためには――彼に話を聞かせてもらう必要があるということだ。

ただ、バリエッタさんに問われて一つ思ったことがある。

俺には果たして、第六階層以降に行く必要はあるんだろうか。

第五階層を問題なくクリアできている時点で、冒険者として問題なく活動ができるくらいの実力はある。

今はお金がないからできていないけれど、ランクに見合った依頼を受けてしっかりとランクを上げていけば、ちゃんとお金も稼ぐことができる。

安定した生活を求めるなら……とそこまで思ってから、ブルブルと首を左右に振った。

（それじゃあ……ダメだよな）

この世界は、危険にあふれている。

街を出れば魔物や盗賊はいるし、魔物の被害によって滅ぼされている街もいくつもあると聞いている。

勇者として世界を救うなんて大層な目的はないとはいえ。

それでも強さがあれば、俺の手の届く範囲で、誰かを助けることができるはずだ。

そう考えた時、頭にふと有栖川《ありすがわ》未玖《みく》さんの姿が浮かぶ。

——未玖さんは俺が唯一、高校で仲がいいと言えるクラスメイトだった。

彼女は俺が学校に行かなくなってからも、定期的に連絡をしてくれたし、一緒にご飯を食べに行ったりすることも少なくなかった。

家に来てくれたことだって何度もあったくらいだ。

俺が心から気を許せるクラスメイトは、彼女だけだったと言っていい。

提出物の書類をわざわざうちにまで届けに来てくれるくらい、責任感が強かった彼女のことだ。恐らくこの世界でも、誰かのために頑張っているに違いない。

彼女から受けた恩に報いるためにも、力が欲しい。

この世界で生きていくための力が。

シンプルに、そんな風に思った。

「覚悟は——あります。俺には強くならなくちゃいけない、理由がありますから」

「その意気やよし。これだけ短期間で強くなったマサルなら、もしかすると……本当にやってしまうかもしれんな」

バリエッタさんは俺の方を見ながら、どこか懐かしいものを見るような顔をした。

彼は少し緩んだ頬をすぐに引き締め、自分の拳を胸に当てる。

質量を持った金属同士がぶつかる、重たい音が部屋の中を揺らす。

「では改めて自己紹介をしよう。わしの名はバリエッタ——バリエッタ・フォン・シュトラッセ。忠義を誓った主《あるじ》を失った、哀れな騎士。そしてこの世界でただ一人――『騎士の聖骸』の第十階層までの地図を持つ男じゃ」

第五章　前人未踏のダンジョンの足跡

なぜ騎士だというバリエッタさんがダンジョンの地図を……と思った俺の顔を見て、疑問に思うのも当然じゃな、と頷かれる。

「実は『騎士の聖骸』へはかつて何度か騎士団による攻略隊が組まれておる。グルスト王国の有史の中だけでも三回ほどな。そして最後の一回の攻略に参加したのが……」

「バリエッタさんというわけですか」

「然《しか》り。そして以後、『騎士の聖骸』の第六階層以降の話をするのはタブーになったのだ。独立独歩を謳《うた》う冒険者ギルドであっても、わざわざ王に刃向かって得することなど一つもない。故にギルドには第五階層までの地図しか公開されておらず、暗黙の了解で第六階層以降の素材は買い取りを行わないようになっているというわけじゃ」

なるほど……そんな裏事情があったのか。

そりゃあ新参の俺にメリッサさんが言いよどむのも納得である。

でもそれなら……どうしてバリエッタさんはずっとここに住んでいるんだろう。

てっきり隠遁《いんとん》生活を楽しむ騎士だとばかり思っていたけれど……どうやらそうではない

みたいだし。

どうやらバリエッタさんは既に爵位こそ返上しているものの、冒険者登録などもしておらず。

今ではある程度残っている私財を使って、この小屋での生活を続けているらしい。

「わしがある程度教えられるのは、第八階層までじゃな。第九階層は虫食いの情報になるし、第十階層のことはほとんどわからないと言っていい」

『騎士の聖骸』へのダンジョンアタックが上手《うま》くいったのかどうか。

それはバリエッタさんの声色や、ギルドでまったく第六階層以降の情報が得られなかった事実と照らし合わせれば、わざわざ聞かずともわかる。

過去全ての攻略は全て――失敗に終わっているのだ。

「第六階層から先にいる魔物というのは、そこまで強いんですか？」

「ああ、このダンジョンはそこから強さが二段階ほど上がる。具体的なランクで言うのなら、そこから先は最低でもCランクの魔物しか出ないようになるのだ。更に進んでいくと、第九階層以降は全ての個体が魔法を使ってくるようになる」

「最低でもCランク、ですか……」

魔物の討伐推奨ランクというのは、パーティーで当たる場合の難度を指している。

つまりCランクの魔物というのは、Cランクの冒険者が集まったパーティーでようやく討伐ができるほどの強さ、ということだ。

ちなみにCランクは、依頼を高い達成率で受け続けたベテラン冒険者がようやく得ることができる。

ギフトやスキルを身に付けられなかった一般人が努力でいける限界が、Cランクなのである。

それに魔法まで使ってくるのか……。

「王国騎士団は誰もが複数のスキルを持つ一騎当千の強者揃《つわものぞろ》い。けれどそんなわしらが大隊規模で挑んでも、第九階層以降はまともに探索することもできなんでな……」

どこか遠い目をして、窓の外の景色を見つめているバリエッタさん。

今は昼時で、空には太陽が浮かんでいる。

けれどそのまぶしさも感じていないのか、顔を陽光で白く染める彼の横顔は暗い。

「わしがここにいるのは、これ以上意味もない死人を出さぬようにするためよ。それにここが……あいつらと一番距離が近い」

どこか若返ったような顔をするバリエッタさん。

彼の見つめる先には、口を開いているかのように待ち受けている洞穴の姿があった。

『騎士の聖骸』……勧められたから来たものの、まさかそんなに色々と曰《いわ》く付《つ》きの地雷ダンジョンだったとは。

強くなろうとは思っていたけれど……まず間違いなく、『騎士の聖骸』の第六階層以降はヤバい。こうやって詳しい事情を聞いたことで、俺の警戒センサーは完全にビンビンだ。

想像していたよりも、はるかに危険度は高そうだ。

どうしよう、さっきはああ言ったけどここは一旦別の場所に行って、もう少し段階を踏んでからここに来るべきか……？

でも『自宅』の力を使いながら力をつけられる人目の少ないダンジョンなんてものが、果たしてここ以外にあるのだろうか……。

俺が色々と考え込んでいる間に、気付けばバリエッタさんはどこかから取り出した酒を飲んでいた。

なんだか深みがありそうな匂いは、以前嗅いだことがあるワインのそれだ。

「まったく、陛下の言葉を守らん若造には困ったものよな」

木のジョッキを揺らしながら、ぽつりと呟《つぶや》く。

なぜ、バリエッタさんは秘匿されている情報を俺にわざわざ教えてくれるのか。

疑問に思っていたそれは……もしかするとそう遠くないうちに、隠す必要がなくなるからってことなのかもしれないな。

「その若造っていうのは、もしかして……」

「もちろん現王のイゼル二世よ。どうやら陛下の忠告を無視して、またダンジョンアタックを始めるつもりらしいわい。なんでも新たに補充した強力な戦力を使うっちゅうことらしいが……まったく嘆かわしいことじゃ」

新たに補充した……強力な戦力？

何か嫌な予感がした。

でも、いや……そんなまさか。

内心の動揺を気取《けど》られないように、平静を装いながら問いかける。

「もしかするとそれって、こないだ召喚した勇者とかだったりするんですかね？」

それに対する、バリエッタさんの答えは……。

「――まず間違いなくそうじゃろうな」

あまりにも、無情であった。

「異界の勇者は全員がギフト持ち、おまけに複数のスキルを持っていることも確認されていると聞く。未《いま》だ戦闘経験は浅いじゃろうが、たしかに潜在能力は高いじゃろう」

このままではまず間違いなく、うちのクラスメイト達《たち》が『騎士の聖骸』に挑戦することになる。

この国の戦闘職として長いことやってきたバリエッタさん達騎士が大隊規模――恐らく数百人単位――で挑んでも、最後まで探索ができなかったような場所にだ。

国王にお前は正気かと問い詰めてやりたい。

ダンジョンの踏破ができるはずがない。俺達は今まで戦いと無縁に生きてきた、ごくごく普通の高校生なんだぞ。

そんなことをさせたところで、上手くいくはずがない。

常識的に考えれば、無理だとわかるはずだ。

「勝てるわけがないと思うんですが……」

「ふむ……それにはわしも同感じゃな。聞けば勇者達はまともに戦闘もこなしていないと言うし……わしの伝手《つて》を使って色々とやっとるんじゃが、時期を先延ばしにするので精一杯といった感じじゃな」

どうする、今の俺に何ができる。

シャドウダイブを使って皆に逃げるよう伝えるか？

聞いた感じ、この国の魔法使いの練度はそれほど高くない。

上手く侵入することさえできれば、王城に入って脱出を促すことくらいならできるかもしれない。

だがそんなことをして何になる？

仮に逃げて王国から指名手配でもされようものなら、その先に待っているのは逃亡生活だ。

救ったクラスメイト達から石を投げられる姿が、容易に想像できる。

そして『自宅』のギフトで自分達を養えと行ってくる女子生徒達の姿が、俺達にも分け前をよこせと言ってくる男子生徒達の姿がありありと脳裏に浮かんだ。

どうする、やっぱり何もせずにただ静観しておくのが……。

『勝君《まさる》……』

そんな中、俺の中に現れた一筋の光。

クラスメイト達の中で俺が唯一信頼する、有栖川《ありすがわ》未玖《みく》さんの姿が見える。

……そうだよ、さっき決めたばかりじゃないか。

彼女に恩を返せるくらい、強くなってみせるって。

大して仲良くもないクラスメイト達のために、そこまで危険を冒す義理はない。

けれど彼女のためになら、骨を折る価値がある。

だって俺はまだ、彼女に恩を返すことができていないから。

——日本にいた時は気付いていなかったけれど、一人ぼっちの引きこもり生活を楽しむことができていたのには、彼女の笑顔も大きかったのだと……今になってわかったから。

(それならいっそ、未玖さんだけでも連れて来てしまう?——ダメだ、不確定要素が多すぎる。今の俺が単身で連れて来られるかがわからない。けれど未玖さんがどんな力を持っているにせよ、王国騎士の軍隊より強いとは思えない。彼女がダンジョン攻略をできなくなるようにするための方法が何か一つでもあれば……ん?)

何だ、今何に引っかかった？

一瞬浮かんだ疑問の理由を、必死になってたぐり寄せる。

そうだ、この『騎士の聖骸』の攻略に、国王がそこまで必死になる理由……。

「歴代の王達がそこまで必死になってダンジョン攻略をしようとしているのは、『騎士の聖骸』をなくすため、で合っていますか？」

「――いかにも。いくらアンデッド達がグリスニアまでやってきたことがないとはいえ、物事というのに絶対はない。危険を取り払うために歴代の国王達は『騎士の聖骸』の最奥にあるダンジョンコアを破壊し、ダンジョンそのものを消し去ろうとした」

「つまりダンジョンの最奥まで向かってそのダンジョンコアとやらを壊すことができれば、ダンジョンをなくすことができるんですね？」

俺の言葉に、バリエッタさんが首を縦に振る。

なるほど、これで俺の方針が完全に固まった。

理不尽な暴力を跳ね返せるくらいに強くなる。

そしてこのままでは無謀なダンジョンアタックをさせられることになる未玖さんを助ける。（その上で余裕があるなら他のクラスメイト達も）

この二つをクリアするために――俺は危険を覚悟した上で、『騎士の聖骸』の完全攻略と、ダンジョンコア破壊によるダンジョンの停止を目指す。

そうと決まれば、ギルドとダンジョンを往復している時間さえも惜しい。

一度ギルドで達成報告をして、ついでに魔物図鑑でアンデッドの情報を収集したら、攻略を終えるまで街に戻るのはよしておくことにしよう。

何せ今回の攻略にはタイムリミットがある。

バリエッタさんの見立てでは二ヶ月もすれば。ダンジョンアタックが始まってしまうらしい。

今すぐにという訳ではないのは助かったけれど、残された時間は、決して多くない。

俺はバリエッタさんにキュアを使い酔いを醒《さ》まさせてから、第六～第十階層までの情報を教わることにした。

既に自重をしている余裕もないため、彼が持っている地図はポケットに入れておいたスマホのカメラでしっかりと撮影させてもらう。

更にその先にいると予測される魔物の候補達についてもしっかりと話を聞かせてもらいメモを取ったら、そのまま速攻でギルドへ駆けていく。

LVアップで俊敏が上がったおかげで、俺はあっという間にギルドにたどり着いた。

中へ入っていくと、重たいドアとそれとは反対に軽いドアベルの音が聞こえてくる。

時刻は既に午後一時を回っている。

朝に貼られためぼしい依頼は既に冒険者達の争奪戦によって消えている。

そのせいか人影も少なく、冒険者達は既に各々の冒険へと出かけているようだった。

「えっと……」

ギルドに来るのも久しぶりだったので、なんだかキョドってしまう。

そんな俺を不気味に思ったのか、まばらに散っている冒険者達もちょっと俺から距離を取っていた。

以前来た時には並びが十人を超えていたはずだが、今日は受付に誰も並んでいなかった。

歩いていけば、そこには物憂げな顔をした受付嬢のメリッサさんの姿があった。

「はぁ……」

職務中の彼女はキビキビとしているイメージがあったけれど、今の彼女はどこか気もそぞろな感じがして、明らかに受付業務に気合いが入っていない。

俺が近付いてもそれに気付いてすらいないわけだし。

「お久しぶりです、メリッサさん」

「え？　なんだマサル君か…………マサル君ッ!?」

一度顔を上げてから再び顔を下げ、そしてものすごい勢いでこちらを見つめてくる。

ぎょっと目を見開いた顔に、こちらもびっくりしてしまう。

「はい、たしかに俺はマサルですけど……」

「無事だったの!?　――うっ、すごい臭い……なんにせよ、無事でよかったわ……」

流石《さすが》のプロ意識で対応してくれるメリッサさん。

ただどうやら臭いをシャットアウトするために鼻呼吸を止めているらしく、その声は少しくぐもっていた。

……そうだ、忘れてた。

今の俺、『騎士の聖骸』でついた汚れを落としてないからとんでもない臭いがするんだった。

バリエッタさんのせいで感覚が麻痺《まひ》してたけど、やっぱり一般的な感覚からするとかなり臭いみたいだ。

「やっぱり臭いますかね……？　（くんくん）」

自分で嗅いでみてもまったくわからない。

完全に鼻がオシャカになってしまっている。

おかしくなった嗅覚って、回復魔法で治るのかな……？

「すごい臭いよ……でもものすごい臭いではないわ。どうやらしっかり、臭い対策はしてきたみたいね」

「はい、一応は」

どうやらメリッサさんは、俺がめちゃくちゃこまめに身体《からだ》を拭いたりしていたと勘違いしてくれたらしい。

つまりダンジョンの中できっちり身体を拭いて身ぎれいにしていても、受付嬢のメリッサさんが鼻で息をするのをやめるほどの臭いが残るわけだ。

皆が『騎士の聖骸』に潜らないのも道理だな。

ずっと潜ってたら、異性にモテないとかそういう次元の話ではなく、他人とのコミュニケーションに支障を来《きた》してしまいそうな感じがひしひしとしてくる。

でも俺は、そんなことは言ってられない。

この後はアンデッドだらけのダンジョンを攻略することになるんだからな。

って、まずはその前に依頼の達成報告からだな。

スケルトンソルジャーの核の破片の詰まった巾着袋を取り出そうとした手を止める。

――目の前で座っているメリッサさんが、目を潤ませていた。

「本当に……良かった、帰ってきてくれて……ずっと心配してたのよ。私が勧めた依頼を受けてから十日以上音沙汰なしなんだもの、もしものことがあったらと思うと気が気じゃなかったわ」

「それは……ご迷惑をおかけしました」

このアリステラにも、自分のことを心配してくれている人がいるのだ。

そのありがたさに、なんだか俺もちょっとだけ泣きそうになった。

ずっと一人でいたから、人の優しさに弱くなってしまったのかもしれない。

ゆっくりと深呼吸を一度、二度……よし、もう大丈夫だ。

気を取り直してからアイテムボックスを発動させる。

「メリッサさん、これなんですが……」

そう言って俺が取り出すのは、浅葱《あさぎ》色の生地の上に万華鏡のような柄が縫い込まれている、絶妙に和風な感じの巾着袋だ。

手渡されたメリッサさんは「ちょっとおしゃれ……」と呟《つぶや》いてから、結ばれていた紐《ひも》をほどく。

……異世界人目線だとオシャレになるのか、これ。

「――って、ええっ!? もしかしてマサル君……ずっと『騎士の聖骸』に潜ってたの!?」

「え、そうですけど……何かマズかったですか?」

「別にマズくはないけど……冒険初心者のマサル君が、いきなり長期間ダンジョンに潜るのは蛮勇通り越して野蛮よ」

「蛮勇通り越して野蛮……」

「しかもこれ……スケルトンじゃなくてスケルトンソルジャーの核の欠片《かけら》じゃない！　たしかにこっちならある程度の値段で売れるとは言ったけど……」

メリッサさんから渡された依頼書に書かれていたのはスケルトン、もしくはスケルトンソルジャーの核の納品依頼だった。

ソロでダンジョン攻略をするだけでも無謀なのに、更に長期間第五階層にまで潜っていたということもあり、メリッサさんは完全にお冠《かんむり》だった。

俺のことを心配してくれるのはありがたい。

だからこれから先にすることを、彼女には言うわけにはいかないな。

俺はスケルトンソルジャーの核の欠片を売ってとりあえずの金銭を手に入れてから、二階にある資料室へ出向き、魔物図鑑を全てスマホで撮影することにした。

そしてそのままの足で、再び『騎士の聖骸』へと向かおうとする。

去り際、ギルドを出ようとする俺の背中に声がかかった。

「マサル君……次もちゃんと、帰ってくるのよ！」

「――はいっ！」

それがいつになるかはわからないけど。

どんな結果に終わるにせよ、もう一度ギルドには顔を出すことにしよう。

グリスニアを風になって走り抜けながら、俺はそう心に誓うのだった。

再び『騎士の聖骸』にやってきてから、『自宅』のギフトを発動。

一度自宅に帰ってからドア設置を使い、第五階層へと転移する。

「えっとここは……よし、右に行ってから真っ直《ます》ぐと」

転移した場所から第六階層への階段へ向かうべく、歩を進めていく。

――『自宅』のドアの場所は、ドア設置の力を使った時点でリセットされる。

元来た場所以外のところから出ようとする場合には、その出る場所は目的地としてしぼれる場所の中からランダム転移をする感じになる。

つまりダンジョン内にドアを設置して出た場合、その出た場所は自分が指定した階層内のどこかになるということだ。

パーセプションを使うとＭＰがもったいないので、基本的には周囲の地形を見て、自分の場所を類推するようにしている。

階段の手前までやってきたら、一度深呼吸をして息を整える。

そして第六階層を一度見てから、第五階層へと顔を戻した。

「よし、最後の確認と行こう」

――実は俺には一つだけ、やろうと思ってはいたもののなかなか実行に移せていなかったことがある。

第六階層以降の探索には必要になるとわかっていたものの、なんやかんやと理由をつけて先延ばしにしてしまっていた。

ウィンドサーチを使い、単体で動いているスケルトンソルジャーを探す。

――見つけた。

ストレングス、フォーティファイ、アクセルにクイック。

今の俺が使える補助魔法を全て使い、接敵。

「グガァッ!!」

俺のことを発見したスケルトンソルジャーが、こちらに迫ってくる。

そんなスケルトンソルジャーに対し俺は迎撃することなく、くるりと後ろを向いた。

そして――ドア設置の力を発動させる。

そう、俺がやろうとしているのは――『自宅』ギフトの力の一つである、害意ある生き物を遠ざける機能の確認だった。

もちろんその機能があるということを、頭で理解してはいるのだ。

けれど実際に試す気には、なかなかなれなかった。

もしも敵が侵入してきたら……。

そんな風に思うと怖くなってしまい、なかなか一歩を踏み出すことができなかったのだ。

自宅は俺の城であり、同時に精神の拠《よ》り所《どころ》でもあった。

日本で三ヶ月、異世界で一月半。

自宅だけは俺を拒むことなく受け入れ続けてくれた。

けれどこれから先の戦いの中で、俺はこの自宅への退避に頼る機会も増えるはずだ。

騎士団を壊滅させるような強力な魔物を相手にするのだから、逃げなければいけない時は絶対に訪れる。

咄嗟《とっさ》の時に自宅に逃げ込むことができるように、今のうちからしっかりと練習しておかなくちゃいけない。

ドアノブを握ってドアを開いた。

やってきた先は見慣れた玄関。

そのまま勢いよく靴を履いたまま廊下に上がる。

後ろを振り返る。

開かれたままのドアの先に広がっているのは、『騎士の聖骸』第五階層の光景。

こちらに近付いてくるスケルトンソルジャーの姿が見える。

自宅の中では魔法は使えない。

だから事前に、自分の身体にバフをかけておいた。

強くなった今の肉体を、更にバフで強化しているんだ。

もし入ってこられても、しっかり避けられる。

そうしたらダンジョンに戻って、魔法で滅多打ちにしてやればいい。

「……グガッ？」

けれどそんな風に考えていた俺の目の前で、スケルトンソルジャーの動きが止まる。

そしてきょろきょろとあたりを見回した。

目の前にいるんだけど……完全に俺のことを見失ってるな。
「グガッ！」
スケルトンソルジャーはそのまま更に近付いてきた。
そしてこちら側へやってきて……ドアを通ることなく、そのまま消えていった。
……多分だけど、ドアから見えない部分に歩いていってしまったんだろう。
なるほど、自宅は敵意あるものからは認識することすらできない。
そして自宅のドアがあるはずの空間を、するりと通り抜けてしまうと。
これでとりあえず自宅に逃げ込めさえすればなんとかなるってことがわかった。
「ふぅ……」
気が抜けて、思わず廊下にへたりこんでしまう。
自分の手を胸に当てると、心臓がありえないほどにバクバクと動いていた。
これで確認は済んだ。
やってみれば、なんということはないじゃないか。
第六階層には、しっかりと地図もある。
いざという時は『自宅』に逃げ込めるのだ。
そのことを肝に銘じて、安全に、着実に探索を進めていこう。
気持ちを落ち着けてから、自宅を出る。

と同時に、まだ俺を探していたらしいスケルトンソルジャーにライトニングボルトを発動。見事命中させ、一撃で仕留めることができた。

「これは使えそうだな……」

自宅の中からドアの外の様子を確認し、無防備な相手に奇襲をしかける。

今までは逃げ込むことしか考えられてなかったけど……そんな風にアクティブに『自宅』の力を使うこともできそうだ。

心は先ほどまでの緊張が嘘《うそ》だったかのように軽やかで。

俺はほどよい緊張感を持ったまま、今までに使ったＭＰを回復させるために一旦眠りについた。

そして起きてしっかりと準備をしてから、気負いすぎずに第六階層への階段を下っていく。下りながらも、魔法をかけるのは忘れない。

まず発動させるのはバフのストレングス・フォーティファイ・アクセル・クイックの四点セットだ。

これら全てが消費ＭＰが５なので、合わせて20ほどを消費。

そして少しでも効果時間を長くできるよう、階段を下りる手前でウィンドサーチを発動済み。

こちらの消費ＭＰは10。

合わせて30ほどの消費にはなる。

効果時間はそれぞれ一時間ほどなので、万全の状態で探索をするには常にこれらを使っておく必要がある。

MPはどんどん増えてはいるけれど、そこまで余裕がある状態ではないのだ。

なるべく早く魔力回復のスキルとMPを上げておきたいところだ。

ウィンドサーチを使うけれど、近くに敵影はなし。

かなり遠くに一体いるけど、今は無視していいだろう。

第六階層は、今までよりも更に墓地感の強くなっているエリアだった。

洞穴の中の光が青白くなっており、お化け屋敷にでも迷い込んでしまったようだ。

歩いているとちらほらと石で作られた剣や鏡のような謎の装飾品が点在するようになっており、めちゃくちゃ不気味だ。

それを見て俺が思い出すのは、歴史の授業でやった古墳から出てきた出土品だった。

(もしかすると『騎士の聖骸』って、本当に騎士を祀《まつ》るための墓だったのかも)

スマホに撮っておいた地図を確認する。

この第六階層と続く第七階層、第八階層では、この石の道具達《たち》が目印になる。

動くことがないこれらを基点にすれば自分の場所を確かめやすい。

迷ってもそこまで時間がかからずに現在位置を確認できるだろう。

ドア設置の力を使うと、階層のどこかにランダム転移する形になる。

なので第六・第七・第八階層の仕様は俺的には大助かりだ。

左手はいつでも『自宅』を発動させることができるように後ろに下げ、右手は魔法を使うことができるように前に出しておく。

するとウィンドサーチに新たな反応が。

洞穴を進んでいった先、三叉路《さんさろ》の真ん中の道を進んでいった先に魔物の反応を感知する。

ウィンドサーチだと相手がいることはわかっても、その強さまではわからない。

ここからは魔物が突然に強くなると聞いている。

大丈夫だろうかと不安が鎌首をもたげた。

けれど勇気を出して、俺は飛び出していく。

戦わなくちゃ――戦わなければ、何かを得ることはできないんだ。

アイテムボックスを使い、取り出したコインを指先に乗せる。

色々と試してみたけど、レールガンで飛ばすのはやはりコインが一番使い勝手が良い。

かなり軽いし、親指で弾《はじ》けば打ち出す方向にはかなり自由が利くからだ。

あと俺ノーコンだから、石とかボールを投げると見当違いの方向に行くことが多々あってね……。

某ライトノベルのヒロインも、恐らく試行錯誤の末にこの形に落ち着いたんだと思う。

「キエエエエェッッ!!」

俺の前に現れたのは、死神のような見た目をした魔物だ。

ドクロの顔に、紫色のローブ。そして真っ黒な死神の鎌。

こいつはグリムリーパーという魔物だ。

その特徴は――即死という状態異常攻撃を放ってくる点にある。

グリムリーパーが持っているあの鎌は、物理ではなく精神に攻撃を行うことのできる魔力でできた鎌だ。

あれを食らうと、魔法抵抗力の低い者は一撃で死んでしまう。

また即死をレジストできる者であっても、鎌の一撃は精神への攻撃らしく、何度も食らえば回復魔法を使わないとまともに戦えないような精神状態になってしまうという。

かつてはそのせいで騎士団にも大きな被害が出たとバリエッタさんが言っていた。

俺の魔法抵抗力的に多分死ぬことはないとは思うけど……精神攻撃の威力を自分の身体《からだ》で試すつもりはない。

遠距離戦で削りきらせてもらう。

「キョエェッ!」

知覚能力が高いのか、グリムリーパーがこちらに気付いて声を上げる。

それと同時に、俺は指先に留めていたコインを打ち出す。

「レールガン」

俺とグリムリーパーを繋《つな》ぐ雷のラインが生まれ、その間を雷によって加速されたコインが走ってゆく。

雷による加圧と加熱によって、原形を止《とど》めていない状態に変形したコインは、無事グリムリーパーの胴体を貫通する……が、仕留めきれない。

「やっぱり一撃じゃ無理か……」

アイテムボックスを発動。

両手の曲げた人差し指の上にコインを召喚し、即座に再度レールガンを放つ準備を始める。

「キョオオオッッ!!」

グリムリーパーがこちらへ飛んでくる。

——は、速っ!?

けどこれなら……俺の魔法が届く方が先だッ!

一度作ったラインは、完全に放電してしまうまでの数分の間は残っている。

なので最初の一回より少ないＭＰと起動時間で連続発動が可能なのだ。

「レールガン!!」

パチュンと音を置き去りにしたコインが加速しながら融解し、再度雷のラインを駆けていく。
二度目の一撃が顔のドクロを砕き、三発目が再度胴体を貫く。
「アァ……」
そしてそこでようやく、グリムリーパーの動きが止まる。
最後に掠《かす》れた声を発すると、その場から煙のように消えていった。
グリムリーパーは第四階層のレイスと同様、死んでも何も落とさない。
鎌やローブも全て魔法でできているもののため、痕跡は一つも残っていなかった。
ウィンドサーチで敵を確認。
戦闘音に引き寄せられてやってくる個体はなし。
……よし、一応第六階層の魔物は倒せそうだな。
「はあっ、はあっ……」
戦闘が終わったことを身体がようやく理解して、荒い息がこぼれる。
なんだよあれ……速すぎだろ。
結構な距離があったはずなのに、ドクロの顔がよく見える距離まで近付かれたぞ。
気持ちを落ち着けるため、ステータスを確認する。
――驚いたことに、たった一回の戦闘でＬＶが２も上がっていた。
多分だけど、この狩り場の適正ＬＶは今の俺よりはるかに高いんだろう。

高LVの魔法の暴力で突破できてるだけで、実際にレールガンを三発当てなくちゃ倒せないんだもんな。

「ふぅ……よし、もう一回行くか」

明らかに今の俺より格上だけど……決して倒せない相手じゃない。

今は第七階層への階段を見つけるより、グリムリーパーを倒してLV上げをするべきだろう。

俺はとりあえずMPがいけるギリギリのラインまで戦ってから、自宅に戻る。

そして……上がりに上がった自分のステータスを見て、にんまりするのだった。

～～～～～～～～～～～～～～～～～～～～

【鹿角勝《かづのまさる》】

LV　37

HP　480／480

MP　54／1018

攻撃　97

防御　117

魔法攻撃力　194

魔法抵抗力　169
俊敏　102
ギフト『自宅』ＬＶ3
スキル
光魔法ＬＶ10（ＭＡＸ）　闇魔法ＬＶ6　火魔法ＬＶ7
風魔法ＬＶ8　水魔法ＬＶ9　土魔法ＬＶ4
雷魔法ＬＶ10（ＭＡＸ）　氷魔法ＬＶ6　時空魔法ＬＶ10（ＭＡＸ）
魔力回復ＬＶ4

〰〰〰〰〰〰〰〰〰〰〰〰〰〰〰〰〰〰

「すさまじいな……」

たった一回の探索で、ＬＶが19も上がってしまった。

流石《さすが》に今はもうグリムリーパーを一体倒した程度では上がらないが、それでも何体か倒せば上げることはできている。

何日もかけてレイスを相手に戦い続けていたのがなんだったんだろうと思えてきてしまう。途中からは魔法の威力が上がり、俺の雷魔法の練度も上がったことで、レールガン二発でグリムリーパーを倒すことができるようになったから、更に効率も良くなったたし。

レールガンは俺と相手に雷のラインを繋いで使うため、ある程度の誘導性能を持っている。そのため途中からは二体のグリムリーパーを見つけると同時に、ラインを繋ぎ二発のレールガンを一発ずつ叩《たた》き込み。

そしてその後接近してくるグリムリーパー達にラインを利用してもう一発ずつを叩き込んで倒すという戦法を使わせてもらった。

「ただLVという実入りがいい分だけ、危険も多かったな……」

何度も危険な目に遭う場面があった。

グリムリーパーが三体現れ、そこから逃げようと後ろへ道を戻るとそちらにもグリムリーパーが三体いた時はかなり危なかったな。

『自宅』のギフトを使ってやり過ごすことができなければ、挟み撃ちをされて鎌の攻撃を食らってしまっていただろう。

やむを得ず三体のグリムリーパーと抗戦した時には完全に攻撃を避けきることができず、何度かあの鎌の精神攻撃をもらってしまっていた。

精神攻撃を食らうと、嫌なことがあった後のような感じでどよーんと精神に影が差すのだ。心に身体が引っ張られて、思い通りに身体が動かない感じというか……。

攻撃をしてきたグリムリーパーを倒すためにレールガンを撃つ時も、無意識のうちにため息が出ていたし。

とりあえずあの鎌は、何発も食らったらマズい攻撃なのは間違いない。HPにはダメージはほとんど入っていなかったんだけど……攻撃を食らった俺だからこそ、あれを何発も食らい続けたら死ぬと断言できる。

つまりHPを0にしなくても、相手を殺す方法はあるってことなのか。

精神攻撃は状態異常扱いになるからか、キュアを使うと治すことができたのはありがたかったな……もしこれが蓄積されていくタイプの攻撃だったら、俺はとっくにあの世行きだっただろう。

……そうか、冷静に考えたらこの第六階層は光魔法をLV5まで習得している仲間がいないと普通に死ねるエリアってことなのか。

たしかにバリエッタさんが言っていた通り、難易度が一気に跳ね上がっているのは間違いない。

「それにしても疲れがエグいな……探索時間、もう少し減らすようにしよう」

今日第六階層を探索していた時間は三時間にも満たない。

レイスを倒しまくっていた十日間よりずっと短いはずなんだが、それでも疲労が半端じゃない。

初めてやってきた慣れていない場所を歩いたことによる肉体的な疲労もある。

気を抜いて戦えば殺されかねない魔物が自分の近くにいるという感覚は、想像以上に自分の精神を削ってくる。

それに加えて、魔法を使ったことによる精神的な疲れもかなり大きい。

魔力回復がＬＶ４まで上がったおかげで、俺のＭＰは現在十分につき8回復する。

なので今あるＭＰ以上に魔法を使うこと自体はできるんだけど……後半の俺は、明らかに精彩を欠いていた。

魔法を使うまでにかかる時間も明らかに増えていたし、終盤はレールガンを外し、そのせいでグリムリーパーの攻撃をもらってしまうような場面も多かった。

今まで魔法はＭＰを使ってちょっと集中すれば使えるもの、くらいにしか思っていなかったけれど。

魔法の連続行使は思っていたよりずっと、体力を使うようだ。

物理的なものじゃなくて、勉強をする時やぶっ続けでゲームをやる時なんかに使う方の体力である。

しっかりと精神を休めないと探索や戦闘に支障を来《きた》しそうだし、もうちょっと良いバランスを考えなくちゃいけないいな。

これだけ一気にＬＶを上げることができた第六階層よりもまだまだ難度が高い階層が待ち受けてるのか……考えるとちょっと億劫《おっくう》になるけど。

とりあえず第七階層へ行くのは、第六階層で一番強い四体のグリムリーパー相手に完勝できるようになってからだな。

能力値的に少し余裕が出てきたのは間違いないし、次はレールガン以外の魔法を使った戦闘も試してみることにしよう。

「頭も身体《からだ》も疲れたし……ちょうど昼時だし、自分でご飯でも作ろうかな」

ただ休息に入った時点で、一旦ダンジョンのことは忘れることにする。

人間、根《こん》を詰めすぎると思わぬところで躓《つまず》くものだ。

ダンジョン攻略は急務だけど、一朝一夕の無理押しでできるようなものじゃない。

個人的には結構な長丁場になると思っている。

それなら俺がやるべきは無理して頑張りすぎることではなく、着実に毎日成果をあげること。

今後はミス一つが命取りになるような戦闘をする機会も増えてくるだろう。

その時に思考が鈍ることがないよう、休める時には徹底的に休んでおかなくっちゃね。

家に戻ると、まず冷蔵庫を開ける。

今日作る料理は既に決めているため、食材に向かう手に迷いはない。

観音開きの冷蔵庫を開くと、右下の位置にあるチルド室。

そこで今か今かと調理されるのを待っている神戸牛が今日の俺の昼ご飯だ。

隣に置かれている牛脂と一緒に取り出し、そのまま冷蔵の調味料をいくつか見繕ってお盆の上に載せていく。

コンロ脇の棚から塩とこしょうを取り出したら、次にシンクの下の物置棚を開く。

中からホットプレートを取り出し、食器類も一緒に居間に持っていけば準備は完了だ。

電源を入れてから、温度のメモリを一番右まで持っていく。

するとすぐに温かくなってきたので、その上に牛脂を置く。

菜箸でちょちょいっとホットプレート全体に脂を広げたら、そのままジッと待つ。

高温になるまで待っているのも暇なので、適当にお菓子でも持ってくる。

小ぶりな辰屋《たつや》の羊羹《ようかん》とポテトチップスを手に取り、そのまま飲み物も持っていく。

今回の食事のお供は、二リットルペットボトルに入った緑茶だ。

最近はいちいちコップを洗うのが面倒なので、ペットボトルに口をつけて飲んでしまっている。

俺しか飲む人もいないしどうせ飲んだらリフレッシュを使うからな。

居間に戻ると、既にホットプレートが良い感じに温まってきていた。

神戸牛のサーロインステーキのラップを剝いでいく。

A5ランクの文字が俺の心を弾ませた。

そのままホットプレートに乗せ、まずは軽く塩こしょうを振る。

じっくりと焼いてからひっくり返し、裏面にも塩こしょうを振る。

香ばしい匂いが鼻腔《びこう》をくすぐり、腹がぐぅ～っと情けない音を立てた。

まだだ、まだだぞ俺……今ッ！

皿に載せたステーキをナイフで切り分け、口に運ぶ。

口の中に入った神戸牛は、信じられないほどに柔らかい。

歯を立てなくとも、舌と歯茎だけで断ち切れるんじゃないかと思えてしまうほど。

老後歯が一本もなくなったら、和牛だけ食べて生きていきたい。

そんな馬鹿なことを考えているうちに、口の中の肉は一瞬で溶けて消えてしまった。

「うまい……それ以外に言葉が見当たらないな」

二口、三口、四口。

何度も何度も切り分けては口に運んでいく。

塩とこしょうという非常にシンプルな味付け故に、素材の味がモロに出る。

肉質のやわらかさ、脂の甘み、入っているサシと赤身の絶妙なバランス。

肉として完成されている。

本当に舌が肥えている人間はサーロインではなく赤身肉の方が好きだという話だけど、やっぱり脂は人生を豊かにしてくれると思う。

俺はまだまだ若いから、脂なんかあればあるだけいいと思っている。

今まで一度も胃もたれとかしたことないし、まだ若い今のうちに脂の旨《うま》みを噛《か》みしめておきたい所存だ。

「ちょっと味変と行くか」

取り皿に焼き肉のタレを入れ、肉につけて食べる。

フルーツを使った甘口のタレは和牛とは喧嘩《けんか》せず、脂の甘みと上手《うま》いこと調和を取ってくれた。

続いてつけるのはガーリックソース。

悪癖のある俺はそこにニンニクチューブを使って追いニンニクをしてしまう。

強烈なニンニクの香りに、思わず笑みが浮かんだ。

「おお、強烈な刺激……やっぱりニンニクは万能調味料だ」

ニンニクみたいな薬味は臭み消しとして使うのが普通だろう。

だがニンニク教の敬虔《けいけん》なる信者である俺は、たとえどんな高級食材にもニンニクをかけずにはいられないのだ！（中毒）

ニンニクによる食欲増進効果により、ステーキをあっという間に平らげてしまった。

百五十グラムのステーキ肉一枚だけだと、完全に腹を満たすことはできないんじゃないかって？

……大丈夫だ、問題ない。

「二枚目投入っと」

ホットプレートの上に残った脂をキッチンペーパーで軽く拭き取ってから、用意していた二枚目のステーキを焼き始める。

完全にニンニクになってしまった口をリセットするため、一旦緑茶を飲む。

口直しに羊羹を食べると、強烈な甘みに口の中が完全に羊羹になった。

……すごいな羊羹。

「食べ盛りだし、三枚目もいっちゃおうかな?」

二枚目の神戸牛に舌鼓を打ちながら、皮算用を始めてしまう俺。

だがそれも致し方ないことだ、だって美味《おい》しいんだもん。

ちなみにリフレッシュに必要なMPは大きさで決まる。

そのため二リットルの緑茶を新品に変えるより、神戸牛を再生産する方が消費MPは少なくて済むのだ。

俺は二枚目の肉も食べきり……そこで箸を置いた。

うん、二枚で十分満腹だな。

このあとお菓子も控えてるし。

使ったもの全部をリフレッシュするにはMPが足りない。

俺はホットプレートをアルコール除菌してから食器類を洗い、一息ついてからポテチと羊羹を食べることにした。

ちなみにテーブルの上には、皿洗いを終えた時につい目に入ったという理由でポテトにチョコがかかっているという背徳的な菓子も乗っている。

ボリボリとポテチを食べながら、頬を緩ませる。

この至福の時間は、たとえグリムリーパーでも邪魔することはできない。

「自分が食べたい時に食べたいものを好きなだけ食べられるって……なんて幸せなことなんだろう」

俺はアリステラに来てから、前にも増して食のありがたみを感じるようになった。

そして同時に、これだけの環境を整えてくれていた父さんと母さんに対する感謝の気持ちも……。

引きこもっていた時は、子供なんだから親に甘えて当然だと賢《さか》しらなことを考えていたけど。

もし地球に戻ることができたら、その時はきちんと謝りたい。

その上で、俺のことを甘やかしてくれたことへの感謝を伝えられたらと思う。

「……」

ポテチに伸ばしている手が止まった。

両親のことを思い出し、少しだけしんみりとした気分になる。

けれどすぐに頭を振って、追い出した。

それを考えるのは、もっともっと後のことでいい。

「今は何より、『騎士の聖骸』攻略だ」

俺はおやつを食べ終えてからゆったりと風呂に入り、そのまま眠る。

そしてぐっすり寝て英気を養ってから、再び第六階層へと潜るのだった――。


寝て起きて戦って、寝て起きて戦ってを繰り返していく。

何度もやっていれば、当然ながら第六階層での戦い方もわかってくる。

グリムリーパーという魔物に慣れてきたのも大きい。

何度も戦っているうちにグリムリーパーは俺にとって恐れの対象ではなく、ただ経験値稼ぎの魔物としか思えなくなっていた。

そうなったのには、当然理由がある。

たしかにグリムリーパーのスピードは、気付かれれば十秒ほどで鎌の圏内に入ってしまうほどに速い。

けれど俺はとある事実を失念していた。

――LVアップを繰り返したことで自分の俊敏も上がってるという、当然の事実に。

それに気付いたのは、三度目の探索の時だった。

第六階層の最大戦力である四体グリムリーパーから逃げようとした時のことである。

俺はふと思ったのだ。

(逃げながら魔法を放つことって、できないかな……?)

そしてやってみると……できた。

走ることに意識が向くからか魔法発動までにいつもより少し時間がかかってしまうものの、魔法を放つことは問題なく可能だったのだ。

少し考えれば、簡単なことだったのである。

相手が迫ってくるせいで攻撃ができる回数が限られてしまうというのなら、自分で走って距離を取ってしまえばいい。

第六階層での急激なLVアップにより更に向上した俊敏は、俺に想像以上のスピードをもたらしてくれた。

なんと俺が全力疾走をすると、速いと思っていたあのグリムリーパーと同じくらいの速度が出たのである。

なので俺は道さえ間違えなければ、グリムリーパーとの距離を保ったまま一方的に攻撃をし続けることができる。

これがわかってからは、第六階層は効率の良い狩り場へと変貌した。

そして第六階層を探索してから五日目の今日。

現状この階層でできるLVアップも頭打ちになったと思えたこの段階で、グリムリーパー四体を相手に戦いを挑むことを決めた。

「ステータスオープン」

～～～～～～～～～～～～～～～～～～～～～～～～～～

【鹿角勝《かづのまさる》】

LV44

HP　550／550

MP　1101／1101

攻撃　111

防御　131

魔法攻撃力　217

魔法抵抗力　195

俊敏　117

ギフト『自宅』　LV3

スキル

光魔法LV10（MAX）　闇魔法LV6　火魔法LV7

風魔法LV9　水魔法LV9　土魔法LV4

雷魔法ＬＶ10（ＭＡＸ）　氷魔法ＬＶ6　時空魔法ＬＶ10（ＭＡＸ）
魔力回復ＬＶ5
～～～～～～～～～～～～～～～～～～～～～～～～～～～～～～～

ウィンドサーチを使いまくっているおかげで、風魔法のＬＶが９まで上がった。

この魔法にはお世話になりまくっているので、多分だけどＬＶ10になるのもそう遠くないと思う。

ＭＰや各種ステータスは順調に増加している。

ＭＰは自宅で積極的に家電や水道を使っても伸びない時は伸びないんだけど、今のところ順調にＭＰが増えてくれている。

あと走りまくっていたおかげか、俊敏もちょっと伸びていた。

そしてもう一つの新事実。

どうやらグリムリーパーのあの鎌の攻撃自体がかなり強力な魔法攻撃だったらしく、俺の魔法抵抗力が結構上がったのだ。

ただあの食らうとどよーんとする攻撃を、何度も自分から食らいにいくのは可能なら避けたい……魔法抵抗力上げをするのは、どうしても必要に迫られた時だけにしよう。

気軽に自宅を出る俺の手には、バリエッタさんの地図を出力し、そこにいくつか追加の情報を書き足している地図が握られている。

今回はランダム転移ではないので、出てきた場所から第七階層までの道のりもバッチリだ。ウィンドサーチを使うと……おあつらえ向きに、階段へ向かう道中に四体のグリムリーパーの群れがいた。

俺は気軽に歩いていき、そのまま接敵する。

「チェインライトニング」

「「「キョオオオオッッ!?」」」

雷は分裂しながら四体のグリムリーパーに見事命中。

死神達《たち》のうつろな顔が俺を見つめているのがわかった。

「「「コオオオッッ!!」」」

グリムリーパー達がこちらに迫ってくる。

けれどそのうち一体の速度が、明らかに落ちていた。

――これもまた新たにわかった事実なんだが、どうやら雷魔法の一部には、相手に麻痺《まひ》や行動阻害の効果を与えるものがある。

ちなみにレールガンにだけはこの効果がない。

多分雷そのものを当てるのではなく雷によって加速したものを当てているからだろう。

「レールガン」

俺はバックステップで駆けながら、指先でコインを弾《はじ》く。

二枚の融解したコインが、先頭のグリムリーパーの息の根を止めさせた。

続けてレールガンを放ち、二体目のグリムリーパーを倒す。

俺の攻撃を恐れた三体目の動きが鈍くなる。

そこに容赦なくレールガンをぶち込み、三体目も倒す。

そして身体《からだ》が麻痺している様子の四体目をライトニングボルトで始末してから、ふうっと大きく息を吐いた。

「よし、完勝だな」

その後も二体ほどグリムリーパーを倒すと、ＬＶが1上がった。

少しだけ気分を上向きにさせながら第七階層への階段を下っていく。

第七階層は暗さが一層増し、散らばっている石の輝度は先が見通せないほどに下がっている。

ウィンドサーチがないと、どこに敵が出てくるかまったく予測ができない暗さだろう。

索敵をすると、近くに七つの反応がある。

反応を感じ取ると同時に、俺は駆けだしていた。

大量の敵を避ける――のではなく、迎え撃つために。

俺はバリエッタさんから聞かせてもらった説明を思い出していた。

『第七階層から出てくるのは、スケルトンの上位種達による混成部隊じゃ。第五階層ではボスをはっていたスケルトンソルジャーはここでは雑兵。その上位種であるスケルトンナイトに攻撃魔法を使いこなすスケルトンメイジ、闇魔法で仲間達を癒やすスケルトンプリーストなどの魔物が統制の取れた動きをしてくる。そしてそれを統べるのが――』

「不死の王、リッチってわけだ……」

今、俺は敵側の索敵に引っかからないよう、慎重に距離を取りながら相手を確認していた。盾と剣を構えながらのしのしと歩いているのは、何度か戦ったスケルトンソルジャーだ。

第五階層とは違い少し錆《さ》びてこそいるものの、しっかりとした武器を身に付けている。そしてそのスケルトンソルジャーの後ろで、全身甲冑《かっちゅう》を身につけているのが恐らくはスケルトンナイト。

身に付けているのは金属鎧《きんぞくよろい》で、動く度にガシャガシャと大きな音が鳴っている。スリットから漏れ出す赤い光がなければ、重装の騎士だと勘違いしそうなほどに、その動きは洗練されている。

前衛である彼らから大きく下がったところには二体の魔物がいる。

骨でできている不気味な杖《つえ》を持っているのがスケルトンメイジ、真っ黒な修道着のようなものを身に付けているのがスケルトンプリーストだろう。

そして前衛と後衛の間に立っているのは、周りに居るスケルトン達とは明らかに格の違う存在だ。

「……」

身に纏《まと》っているのは紫色のローブ。

手に持っている杖にはこぶし大の宝玉が埋まっており、魔法を使っているからかよく見るとその身体はわずかに宙に浮いている。

全身から赤黒いオーラのようなものを放っており、見ているだけでじっとりと汗が滲《にじ》んだ。ギリギリまでLVを上げておいてよかったと、今になって思う。

多分だが、あれのLVは俺よりもかなり高い。

なので生命としての格の違いを感じるというか、倒せる倒せないとかいう以前の問題で、本能が逃げろとささやいてくるのだ。

（あれとやるのか……）

リッチの討伐難易度はBの中位ぐらい。

グリムリーパーがCの中でも上位の魔物であることを考えれば、そこまで強い魔物ではないはずだ。LVが高そうなのは厄介だが……。

今回の七体の群れの内訳はスケルトンソルジャー2、スケルトンナイト2、スケルトンメイジ1、スケルトンプリースト1、そしてリッチが1。

真っ先に倒すべきはリッチ。

そして次は後衛組の二体、それが終わったら前衛を処理していくというのが理想だろう。

念のためにウィンドサーチを使い、他の魔物達を確認する。

どうやら七体というのはそこまで多い規模ではないようで、それほど遠くない距離に十体以上の魔物の群れもそこそこいた。

つまりこれくらいは簡単に蹴散らせるようにならなければ、まずいってことだ。

（とりあえず、出し惜しみはなしでいく）

俺はいつものように左手でドア設置の力を使い、右手で魔法発動の準備を終える。

「食らいやがれ――ジャッジメントレイ！」

俺が発動するのは、光魔法における最大火力を持つジャッジメントレイ。

光魔法はアンデッド特効を持っている。恐らくリッチに与えられるダメージ量で言えば、同じLV10で覚えられるグングニルを上回っているはずだ。

コオォォ……という音が鳴ったかと思うと、洞穴を真っ白に染め上げるほどの極大の光の柱が、リッチに突き立った。

「――うおっ、眩《まぶ》しっ!?」

俺の光魔法の練度と魔法攻撃力が以前より上がっているからだろう、その威力は以前と比べると明らかに高くなっていた。

光の柱はリッチの率いているアンデッド軍団を纏めて覆い尽くせるほどに巨大になっており、そして光量は発動者である俺自身が眩しくて目を開けていられないほどに高くなっていたのだ。

視界が塗りつぶされている状態で攻撃を受けぬよう、絶対の盾であるアイギスを発動させてから光が収まるのを待つとそこには——粉々になった焦げた核と、ボロボロになった装備が落ちていた。

「……あれ？」

一撃、一撃だ。

最上位の魔法とはいえ、たったの一発でリッチ軍団を全滅させてしまった。

でもいつでも逃げられるよう覚悟したあの気迫は、紛れもなく本物だったはず。

……うーん。

これって、もしかしてなんだけど……。

「俺ってめちゃくちゃ、強くなってる？」

ステータスを確認してみると、たった一回の戦闘でＬＶが３上がっていた。

グリムリーパーを初めて倒した時に勝る勢いでの上がり具合に気を良くした俺は、第七階層で、リッチ軍団を狩りまくることにした。

ウィンドサーチで群れを探し、ジャッジメントレイで一掃。

再び群れを探し、ジャッジメントレイで一掃。

これを繰り返すだけで、面白いようにLVが上がっていく。

おまけにグリムリーパーと違い、戦利品が手に入るというのも俺のリッチ狩りを推し進めた要因の一つだ。

スケルトンソルジャーのもっている鉄剣と鉄の盾。

そしてスケルトンナイトが着込んでいる全身甲冑を含めて、スケルトンソルジャーよりワンランク上の錆びていない鉄製の武具。

これらがじゃんじゃかアイテムボックスに溜《た》まっていく。

グリスニアでは買い取り不可（暗黙の了解）ってことらしいけど鉄は鉄だ。

適当に鋳《い》つぶして鉄塊にすれば、生活費くらいにはなるはずだ。

それにスケルトンナイトの武具の方は、他国で売りさばけば結構な金になりそうだし。

ちなみにスケルトンメイジとプリーストの杖やローブは、完全に焦げて使い物にならなかった。

けれど魔法耐性が高いからかリッチの持っている杖だけは残っているのでこれも回収していく。

持ってみても、何の効果があるのかわからなかったので、とりあえず使って試してみる。

試してみると、闇魔法の威力が上がっていた。

どうやら闇魔法に関する補正をかける杖らしい。
ただ光魔法とは相性が悪いらしく、ジャッジメントレイの威力が明らかに落ちていた。
スケルトンソルジャーを一体打ち漏らした時はビビったね。
とまあそんな風に、討伐とアイテム回収が捗《はかど》る捗る。
楽しくて魔法を使いまくっていると、あっという間にＭＰが尽きてしまった。
けれどそれに見合うだけの収穫はあった。そう断言できる。

～～～～～～～～～～～～～～～～～～～～～～～～～

【鹿角勝《かづのまさる》】
ＬＶ62
ＨＰ　７３０／７３０
ＭＰ　１２８／１２８１
攻撃　１４７
防御　１６７
魔法攻撃力　２７１
魔法抵抗力　２４９
俊敏　１５３

ギフト『自宅』LV3
スキル
光魔法LV10（MAX）　闇魔法LV6　火魔法LV7
風魔法LV9　水魔法LV9　土魔法LV4
雷魔法LV10（MAX）　氷魔法LV6　時空魔法LV10（MAX）
魔力回復LV5
～～～～～～～～～～～～～～～～～～～～～～～～

ＬＶがめちゃくちゃ上がった。

それに伴ってステータスもぐんぐん上がっている。

ＬＶの上昇に伴って、最初にリッチを見た時に感じたような生理的な恐怖はまったく感じなくなっていた。

ということはつまり、今の俺のＬＶはリッチとやり合えるくらいまで達しているってことだろう。

だが、俺は既に最初からリッチを一撃で倒すことができている。

これはどういうことなのか、一応俺なりに仮説を立ててみた。

まず一番考えられるのが、俺の魔法のＬＶが本来の肉体ＬＶ（俺自身のＬＶのことだ。

スキルのLVとややこしいので、今後この呼称で行こうと思う）にそぐわないほどに高いという可能性だ。

よくよく考えてみると、高LV帯の魔法は明らかにおかしい。

聞いた話ではラストヒールは欠損すら治せるらしいし、そもそも瞬間移動のジョウントや瞬間マッピングのパーセプションはバランスブレイカーが過ぎると個人的に感じている。

純粋な攻撃魔法であるグングニルとかジャッジメントレイは威力がバグっている。

俺がLV1の状態で放ってあれだけの威力があったのだ、今グングニルを使えばどうなるか……ちょっと想像したくない。

多分だけど、魔法のLVっていうのは普通は滅多なことで上がるものじゃないんだと思う。自宅で引きこもってるだけでLVが上がる俺が異常なだけなのだ。

神様も再現には神力を使うみたいなこと言ってたし、多分この『自宅』のギフトがかなりチートな能力なんだろう。

高LVで覚えられる魔法は、ゲームでたとえるとするなら、最後のダンジョンの手前とかで入手できるものなんだと思う。

つまり俺は魔法LVのごり押しで相手を倒すことができているという説だ。

そして二つ目は、俺のステータスの上がり幅がバグっているという説である。

怖くてLVアップの話を人としたことがないからわからないけど……多分MP四桁って

普通じゃないよな？

冒険者の話も聞かせてもらったが、あまりバンバカ魔法を使うような感じじゃなかったし。それに俺は今、ステータスが上がりまくっていることで明らかに身体性能が向上している。何分だろうが平気で息を止めることができるくらい心肺機能も上がっているし、多分だけど全力でぶん殴れば人をボールのように吹っ飛ばすこととかもできるくらいの腕力はある。

ＬＶが上がるだけでこんな超人になれるなら、そもそも勇者なんて呼ばなくても現地の人達《たち》だけでなんとかなるだろうし。

実際俺くらい強くなるなら、鍛え上げられている騎士団の人達がリッチ相手に遅れを取ることもなかったはずだ。

つまりこれは勇者として召喚された俺達異世界人の伸びしろがエグいということなんだろう。

こんなに強くなるなら、なるほど簡単に勇者召喚とかしちゃおっかなと思う国王イゼル二世の気持ちもほんのちょっとだけわかる。

当然ながら、許すつもりはまったくないけど。

第八階層への階段は既に見つけている。

けれど俺の集中力は完全に切れているし、ＭＰも心許《こころもと》ない。

自宅に戻って英気を養い……そして寝て起きたところで、ふと気付いた。

既に『騎士の聖骸』に籠もりだしてから一週間近い月日が経《た》っている。

「……一度バリエッタさんと情報交換をすべきかもしれない」

一年一組側にも何か動きがあった可能性は十分に考えられるし、バリエッタさんは第六階層以降の情報をとにかく欲しがっていたから。

なので俺は『自宅』のギフトを発動し一度自宅に戻ってから、ドア設置の力を使って第一階層へと戻り、報告へ向かうことにした。


いつものように第一階層から戻り、バリエッタさんの小屋へとやってきた。

今までと同じ、ノックして勧誘だと思われて断られるいつものパターンだとばかり思っていたが、今回は事情が違った。

なんと俺が第一階層から出てこようとすると、既に全身武装のバリエッタさんが洞穴の前で待ち構えていたのである！

え、どういうこと？

もしかして『騎士の聖骸』の攻略が想定以上に早まっていたり……。

「なんという魔力じゃ……じゃがわしは負けん！　この騎士バリエッタ、たとえ死せずともその魂は天上に在りし陛下の御許《みもと》に――」

「あのーすいませんバリエッタさん、自分です」

臨戦態勢のバリエッタさんに斬りかかられたりしないよう、事前に声を出しながらゆっくりと歩いていく。

影から出てくる何かにびくついていたバリエッタさんは、その正体が俺であることに気付き、目を見開いた。

「ま、マサル……？」

「はい、マサルです」

「……魔物に乗っ取られたりしているわけじゃない、よな？」

「まさか、この通り元気ですよ」

腕を曲げて力強さをアピールする。

この世界に来てから長時間の運動を繰り返してきたせいか、身体《からだ》も以前と比べるといくらかしまっている。おかげで腕の力こぶがしっかりと浮き出てきた。

「お前さん、この短期間でどんだけ成長したんじゃ……わしはとうとうスタンピードが起きたんかと……」

「いやぁ、魔物を狩りまくっていたらガンガンLVが上がっちゃいまして……」

そう言って後頭部をポリポリと掻《か》いていると、肩をバリエッタさんに叩《たた》かれる。

今までなら痛みに悲鳴を上げるくらいの手荒い歓迎だったが、LVが上がって防御が上

がったからか、普通に受け止めることができた。

「なんにせよ……良く帰ってきた！　正直なところ一週間帰ってこなかった時点で、もうダメかと思っとったわい！」

小屋に戻り、椅子に腰掛ける。

バリエッタさんは陽気に笑い出しながら、ボトルを空けた。

その手には接合部を鉄で補強された木のジョッキが握られており、その中にワインをなみなみと注いでいく。

ジョッキの中身を凄《すご》い勢いで干していくバリエッタさんを見ながら、俺は思った。

ワインってそんなにグビグビ飲むものだったっけ……？

もしかしてこの世界のワインは日本のワインとは別物なのか……？

「それじゃあ聞かせてくれんかマサルよ、此度《こたび》の探索の成果というやつを」

「えっと……はい、それじゃあまず第六階層から……」

俺はバリエッタさんに、今回の探索のおおまかな経緯を説明していく。

当然ながら『自宅』の話はせずに、使える雷魔法と光魔法だけでなんとかしてきたことを告げる。

どうやって第六階層や第七階層でゆっくり休憩してんねんというツッコミが入りそうだったので、そこはサンクチュアリを使ってなんとかしたと取れるような言い方をしてごまかしておくことにした。

「ふむ……なるほどな」

俺の話を聞いて、バリエッタさんが頷《うなず》く。

我ながら自宅なしで説明するのはちょっと苦しい場面もあったけれど、とりあえずは納得してもらうことができたようだ。

もしかすると何かに勘付いているけれど、放置してくれているのかもしれない。

「なんにせよ、第七階層までなら問題なく攻略ができたと……」

「まあ、そうなります」

「そしてマサルはこの、とてつもない魔力を手に入れることができたというわけじゃな……」

「やっぱり、わかりますか？」

今の俺は、第六・第七階層で高効率の魔物狩りをしまくったおかげでＬＶがものすごい勢いで上がっている。

どうやら魔力感知のスキルを持っているバリエッタさんには、どれだけ俺が魔物を倒したのかがわかってしまうようだった。

「マサルは魔術師というだけのことはあり元から魔力が高いのはわかっていたが……そんな色は初めて見たの……」

どうやらバリエッタさんは魔力量をその人が発するオーラの色で見分けることができるらしい。

なので大雑把にしかわからないらしいんだけど……以前見た時は強力な魔物くらいの色だったが、今《いま》は未だかつてないような色になっているらしい。

何色なのかは、怖いから聞かないでおいた。

「そういえば前も気になってたんですけど……魔法使いと魔術師って何か違うんですか？」

「お前さん、それだけの腕があってそんなことも知らんのか……簡単に言えば魔法使いっちゅうのは魔法が使える人間のことで、魔術師っちゅうのは魔法を使いこなすことができる人間のことじゃ」

おおまかに言うと、ＬＶ１～３くらいの魔法が使える人が魔法使い、ＬＶ４～７くらいまでの魔法が使える人が魔術師というらしい。

その説明であることが気になってしまった俺は、思わず聞かずにはいられず、尋ねることにした。

「それなら、ＬＶ８以上の魔法が使える人はなんて呼ばれるんですか？」

俺の問いを聞いたバリエッタさんが、ワインを呷《あお》るのを止《や》める。

ジョッキに注ぐのも面倒くさくなったからか、既に飲み方はボトルに直《じか》に口をつけての直接摂取に切り替えている。

彼はふぃーっとアルコール臭い息を吐いてから、こちらを見る。

そして、酔っ払っている老人のそれとは思えないほどに澄んだ眼差《まなざ》しをこちらに向けてくる。

「――魔導師《ウィザード》。達人級――LV8以上の魔法を使う人物は、その二つ名とは別に魔導師《ウィザード》として崇拝され、恐れられる」

LV8で崇拝の対象なのか……とんでもない事実を聞いてしまった。

俺が使える魔法のLVを正直に言ったら、どっかの団体とかから祭り上げられること間違いなしだ。

内心でビビっている俺を見たバリエッタさんが、小さく笑う。

「……じゃからマサル、お前さんあまり人前でサンクチュアリを使えることを言うんじゃないぞ。間違いなく聖教会に囲われて、籠の中の鳥として育てられることになるからの」

……そうだった！

俺さっき、『自宅』ギフトを隠すためにサンクチュアリを匂わせちゃったんだった！

内心で冷や汗をだらだらと垂らす俺を見たバリエッタさんが笑いながら、「安心せい」と言って立ち上がる。

そして新しいボトルを手にし、コルクを噛《か》んで顎の力で引き抜いた。

「人は皆事情を抱えておるもの。マサルに王国の事情を肩代わりさせているわしが、お主の事情を詮索するのは人道にもとるというもの。じゃからわしは何も聞かん。お主が『騎士の聖骸』の攻略に集中してくれるのなら、わしは――私は、今の自分にできる全てを使ってそれに報いることを、この剣に誓おう」

その姿は、まったくといっていいほど格好がついていなかったけれど。

彼を見て俺は不思議とカッコいいと、そう思った。

続いてバリエッタさんから、現在の王国事情――というか、一年一組の皆についての情報を教えてもらう。

「何一つ話は進んでおらんらしい」

その言葉を聞いて、ホッと安堵《あんど》の息がこぼれる。

『騎士の聖骸』を勇者達《たち》に攻略させせよう。

一応話として本決まりになっているものの、事態の進展はまったくないようだ。

現王であるイゼル二世は即断即決というのがあまりできないらしい。

どうやら彼は、勇者を手元から離すのが不安なようだ。

聖教会の人間から色々と言われても、踏ん切りがついていないらしい。

「あまり景気が良くないグルスト王国でそれでも不満の声がまったく上がっていないのは、勇者の存在に依《よ》る部分が大きい。かつて召喚された勇者は何度も国難を払い、世界に安寧をもたらしたという。故に勇者さえいれば大丈夫という絶対の安心感が、王国で暮らす民達の間には広がっているわけじゃ」

　このグルスト王国では、有史以来何度か勇者召喚が成されたことがある。

　そしてその度に勇者は国難を救ってきたのだという。

『それでも勇者なら……勇者ならなんとかしてくれる！』というのを地で行っているわけだ。

　呼び出されたる俺から思うとなんて他力本願な……と思わないでもないが、どうやらそれが現在の王国民の総意のようだ。

　どうやら話を聞いている感じ、王がそんな風に民の思考を誘導しているような節もある。

「だから勇者が死んでしまうと困るというわけですね」

「ああ、『騎士の聖骸』のダンジョンアタックを言い出したのはあいつなのに、いざやるとなるとビビって動けん。まっこと、肝っ玉の小さい男よ」

　バリエッタさんもとうとうあいつ呼びである。

　けれどその気持ちもよくわかる。

　今までの実績から絶対の安心感を与えてくれる勇者だが、実際今の勇者はそこまで強いわけではない。

　普通に騎士と模擬戦をしても勝てる人もあまりいないらしいし。

そんな戦力としては未だ微妙な勇者達があっけなくやられてしまったりすると今後の統治に支障が出るということで、王としてはなんとか勇者を殺すことなく『騎士の聖骸』の攻略に挑みたいらしい。

ただ前線に出して負けたりしたら困るということで、実戦もほとんどやっていないようだ。

実戦せずに第六階層なんて攻略できるわけないと思うんだけど……。

(どうしよう、話を聞けば聞くほどこの国の王のクソさが露《あら》わになっていく……優柔不断だし、一年一組の皆を死地に放り込もうとしてるし……)

——そう、間違いなく第六階層は彼らにとって死地だ。

クラス全員で挑めば、確実に死人か廃人が出るだろう。

だってLV10の魔法が使える俺でさえ、何発か攻撃をもらったんだよ？

第六階層のグリムリーパーに挑んだら、死ぬ気の鍛錬をしてめちゃくちゃに鍛え上げない限り、かなりの苦戦を強いられることになるはずだ。

まあキュアが使える魔法使いがいると楽になるとは思うけど……魔法抵抗力が一定値以下だとあの鎌で即死するし、グリムリーパーは結構速い。

最初は速すぎて目で追えなかったし、グリムリーパーと戦って結構LV上げをした俺と同じくらいのスピードだったしね。

前衛タイプの人が挑んで鎌でバッサリされれば、それで即オダブツだろう。

「でもいずれは挑むことになるわけですよね？」

「ああ、恐らくじゃが勇者の中には何人か光るものを持つ者達がいると聞く。彼らを集中的に鍛え、なんとかする形に落ち着くじゃろう」

それを言われて俺が思い出すのは、神様と対面した時に見たあのノートＰＣだ。

たしか『勇者』、『覇王』、『剣聖』、『賢者』、『聖女』あたりのいかにも強力そうなギフトは既に誰かが持ってて、選択不可になってたんだよね。

となると多分だけど、和馬《かずま》君周りのスクールカースト最上位勢がダンジョンアタックに挑むことになるだろう。

でもいくら彼らとはいえ……果たしてグリムリーパーやリッチ率いるアンデッド軍団を倒せるものなんだろうか？

勇者にはギフトがあるし、ステータスチートもあるけど……ぶっちゃけ序盤はそこまで強くない、と思う。

俺らに与えられてるのはどちらかというといわゆる成長チートに近い。

だから沢山ＬＶを上げて、後になってこないとその真価は発揮されないタイプだと思う。

そもそも俺らは、即戦力として使えるような戦力ではないのだ。

俺の場合は『自宅』のギフトで魔法ＬＶを上げることができたから、そのまま肉体ＬＶ

も上げることができて、ここまでステータスを育て上げることができた。

これは俺が奇跡的に『自宅』のギフトを手に入れたからこそ実現できた、例外中の例外だ。普通はまず間違いなく、こんなことにはならない。

『火魔法使い』のギフトを持ってても強力な魔法がすぐ使えれば話は違うと思うけど、LV8以上の魔法が使えると魔導師《ウィザード》としてビビられるこの世界観では、多分魔法LVを上げるのは通常のやり方では至難の業のはずだ。

「勇者って、ぶっちゃけどれくらい強いんですか？」

「ふむ……わしなら片手でひねれるくらいかのぅ。ただ中でもアキラだけはものが違ったな」

元から和馬君とステゴロで戦えるくらいの戦闘能力がある御津川《みとがわ》君だけは、この物騒な異世界に見事に適応し最前線で戦いまくっているらしい。

『温室育ちさせるんじゃなかったの？　話が違くない？』と思ったけど、どうやら御津川君が持っているスキルが『覇王』であることが問題だったらしく……。

御津川君に王位を簒奪《さんだつ》されるかもしれないとビビったイゼル二世が容赦なく最前線に送りまくり、そして御津川君はその全てから生還してどんどん強くなっているらしい。

さ、流石《さすが》『覇王』……そしてそれに対してギフトだけでビビるまったく期待を裏切らないイゼル二世……。

バリエッタさん同様、俺は国王のことをあいつ呼びすることに決めた。

話を聞いていると、御津川君がなんとかすることもできそうでちょっと安心した。

もちろん俺は俺でしっかりと攻略に勤《いそ》しむけど、保険があると思うだけで少し気分が軽くなるからね。

「そしたら自分、そろそろ『騎士の聖骸』に戻ろうと思います」

「うむ、第八階層の魔物はマサルとは相性が悪いじゃろうが、頑張ってくれ」

「はい、第七階層でギリギリまでLVを上げて用心してから挑もうと思います」

「うむ、時間稼ぎはわしに任せて、ゆっくりと頑張ってくれい」

俺はバリエッタさんの小屋を後にし、再び第七階層へと戻ることにした。

バリエッタさんの言っていたことは事実。

第八階層で恐らく俺は苦戦することになるだろう。

何せ第八階層の魔物には——魔法が効かないのだから。

一度自宅に戻ってから、再度のLV上げに挑む。

リッチ狩りを何日か繰り返していると、アイテムが溜《た》まる溜まる。

売ることができないのが残念だが、とりあえず素っ裸の騎士団がいたら彼らに武器を支給するくらいの量は集めることができた。

そんな騎士団がどこにいるんだよという質問は、野暮なのでやめてもらいたい。

とりあえずアンデッドが残した武具は全部アイテムボックスにぶちこんでいるけど、今のところ限界は来ていない。

相当な量の武具を入れているはずだから総重量はかなりのものになるはずだけど……どうやらアイテムボックスの容量は、俺が想像していたよりはるかに多いらしい。

どれくらいの量が入るかは未知数なので、とりあえず入れられるだけ入れていって限界量を知っておこうと思う。

第八階層に出てくる魔物は、その名をヌルゾンビという。

見た目上はただ体色が緑色になっただけのゾンビである。

けれどこいつにはある別名がついている。

――魔法使い殺し。

このヌルゾンビは、一切の魔法を無効化するという非常に珍しい特徴を持つゾンビなのだ。更に言うと普通のゾンビとは違いかなり動きも速く、頭を潰して倒されてもしばらくの間は動き続けるという。

そしてその牙だけではなく爪も使って麻痺《まひ》の状態異常攻撃をしてくるらしい（当然ながらゾンビのものより強力なようだ）。

おまけにヌルゾンビが雄叫《おたけ》びを上げると、近くにいるヌルゾンビを呼び出すらしい。

最初に接敵したヌルゾンビを倒さないと、また新たなヌルゾンビが現れ、そいつも早く倒さないとヌルゾンビが……という感じでねずみ算式に増えていくんだって。

そして気付けばヌルゾンビに囲まれてしまうと。

そのくせ魔法無効で全体攻撃が効かないというんだから、厄介なことこの上ない。

マドハン○もびっくりなクソゲー感漂う敵である。

このヌルゾンビは、今までに出てきたやつらとは少々毛色が違う。

なので念入りに戦いの訓練を重ねていくことにする。

もちろん、対策は既に考えついているが、それが絶対に効くとは限らない。

なので念のために第七階層の魔物ではまったくＬＶが上がらない状態になってから、第八階層に挑むことにした。

どれだけＬＶが上がっても、『いのちだいじに』は変えずにいこうと思う。


〰〰〰〰〰〰〰〰〰〰〰〰〰〰〰〰〰〰〰〰〰〰〰

【鹿角勝《かづのまさる》】
ＬＶ　80
ＨＰ　９１０／９１０
ＭＰ　１４８３／１４８３
攻撃　１８３

防御　203
魔法攻撃力　325
魔法抵抗力　303
俊敏　189
ギフト『自宅』ＬＶ3
スキル
光魔法ＬＶ10（ＭＡＸ）　闇魔法ＬＶ6　火魔法ＬＶ7
風魔法ＬＶ9　水魔法ＬＶ9　土魔法ＬＶ4
雷魔法ＬＶ10（ＭＡＸ）　氷魔法ＬＶ6　時空魔法ＬＶ10（ＭＡＸ）
魔力回復ＬＶ7
～～～～～～～～～～～～～～～～～～～～～～～～～～～～

自分で言うのもなんだが、どんどんと人間をやめているような気がしてならない。

バリエッタさんの話ではグリムリーパーの一撃は騎士でも致命傷を受けるくらいに危険で、リッチ率いるアンデッド軍団は小隊規模であたらなければ勝てない相手らしいが、今の俺なら一撃だ。

全部ジャッジメントレイ一撃では威力がわからないため色々と試した結果、リッチ以外はチェインライトニング、リッチはライトニングボルトで倒せることがわかっている。

魔法を使う分こっちの方が手間だけど、その分使うＭＰは少なくて済む。

魔力回復のスキルＬＶも上がってるので、これだと俺の集中力に限界が来るまでは戦い続けることが可能になった。

肉体ＬＶが上がって集中力や持続力も明らかに向上していて、今の俺はぶっ続けで戦っても疲れをほとんど感じなくなっていた。

全力戦闘をするならまた話は別だろうけど、少なくとも魔法を一、二発放つくらいなら余裕で徹夜しながらでもぶっ続けていける。

自分の体力の限界がどこにあるかわからなくて、自分でも怖くなってくるくらいだからね。ただそのせいでＬＶ上げに集中しすぎてしまって、想定より長い時間が経《た》ってしまっていたのは完全に俺のミスだ。

気付いた時には日付をまたいで丸一日以上リッチ狩りをしてた時は、流石に自分でも苦笑してしまった。

元からあった過集中が、完全に悪い方に働いてるな……。

ま、まあＬＶは順調に上がってるからよしとしよう。

気を取り直して、第八階層へ向かっていこう。

第八階層への階段を下っていくと、左右を囲んでいる壁に、今までになかった変化があった。

途中までは触れれば手が汚れるくらいの土でできていたというのに、半分を過ぎたところでつるつるとした白い石に変わったのだ。

鍾乳石《しょうにゅうせき》のような光沢のある石に触ってみると、ひんやりと冷たい感触がした。

そして更に下っていくと、少し前に嗅いだことのあるちょっと甘く大分臭い感じの腐臭が漂ってくる。

生ゴミを熟成させたような臭いに、俺は一旦立ち止まり、事前に用意していたティッシュを取り出す。

そして鼻をティッシュでしっかりと塞いでから、階段を下りていくことにした。

臭い対策もしっかりしておく。

鹿角勝は、できる男なのだ。

階段を下れば、底から先に広がっているのは、墓地エリア。

霊園かよと思うくらいの広さの墓地が見渡す限りに広がっている。

お爺《じい》ちゃんの十三回忌に行った時に見たのは田舎にあるかなり大きめな墓地だったけど、あれよりもずっと広い。

一体どれだけ沢山の遺体が埋まっているんだろう……いや、ダンジョンだから遺体はないのかな。

もしかしてこの墓全部に、ヌルゾンビがいたり？

ちょっと知的好奇心がそそられるけれど、流石に戦いに集中しなければ。

ウィンドサーチを使うと……かなり数が少ないな。

見渡せないくらいに広い場所なのに魔物がほとんどいない。

となるとやっぱり、事前の情報通りか。

俺はとりあえずクイックとアクセルを併用し、人間をやめた速度を更に加速させてどうなっても反応できる状況を整えながら、ゆっくりと歩き出す。

すると……ボコボコッ！

墓の目の前の土が盛り上がり始めた。

そして大きく陥没し、できた穴から緑色の手が出てくる。

早送りを見ているようなハイペースで現れたのは、全身緑色の、ゾンビの2Pカラーかよと突っ込みたくなるようなゾンビだった。

「ウゴオアアアアアアァァッ!!」

こいつが……ヌルゾンビ。

さて、事前に考えたとおりにいってくれるといいんだけどな。

「速度はグリムリーパーと変わらないくらいか……」

ヌルゾンビの動きはかなり速い。

穴から這《は》い出してくるまで体感二秒ぐらいしかかかっていないような気がするから、多分腕力もかなりあるんだろう。

おまけに倒してもしばらく動くくせに魔法まで効かないとか……どう考えても完全にクソモンスターだ。

「ウボァ……」

「ウボォ……」

おまけにさっきのあれは雄叫びにカウントされていたらしく、既に周囲に三つほど新たな穴が空き、中からヌルゾンビが現れようとしている。

ちゃっちゃと片付けないと、相当きつそうだな。

「ライトニングボルト」

いつものように自宅に逃げ込める準備をしてから、とりあえずライトニングボルトを放つ。百聞は一見にしかずということで、一度ヌルゾンビに魔法を当ててみることにした。

するとバリバリと音を鳴らして向かっていった雷が、ヌルゾンビに当たる直前にフッと音もなく消える。

なるほど……魔法そのものを無効化して消し去るタイプか。

これならいけるかな。

こちらに向かってやってくるヌルゾンビ達《たち》。

ずるずると足を引きずりながらも、そのスピードはグリムリーパーに少し劣る程度。

立ち止まったままだと、何度も魔法を使えるほどの余裕はなさそうだ。

「それじゃあいっちょやりますかね」

俺が発動させる魔法は――アイテムボックス。

そして中から取り出すのは、スケルトンソルジャーが使っていた鉄の盾だ。

今回はこいつを使わせてもらう。

「レールガン」

俺がこのアリステラにやってきてから、最も使った魔法。

今では魔法発動のための準備にもほとんど時間はかからない。

魔力を練って相手にラインを引いてから発動するまでをほぼシームレスに行うことができる。

俺がラインに乗せて、取り出したばかりの鉄の盾を放った。

レールガンによる電磁加速を受け、高速で回転しながら飛翔《ひしょう》する盾。

表面が融解し始めたところで、こちらに向かってくるヌルゾンビへ接近。

距離が近付いていく。十メートル、五メートル……ごくりと唾を飲み込む。

緊張しながら見守っていると……鉄の盾は見事、ヌルゾンビに命中した。

「――ぃよしっ！」

メキョッという聞いたことのない音を立てながら盾はヌルゾンビにぶつかっていき、多少の減速はしながらもそのまま飛び続け、墓石へ激突する。

その間にサンドイッチにされたヌルゾンビは上下がバラバラに分かれる。

死後どれくらい動けるのかを見ている余裕はない。

再度アイテムボックスを使い、鉄の盾を二つ取り出す。

今度はスケルトンナイトが使っていた、さっきのより一回り大きな大盾だ。

ラインを引き……発射。

続けてもう一体にもラインを引き……発射。

レールガンのラインに乗った大盾は、最初ゆっくりと転がるように動き出した。

そのゆったりとした動きと、こちらにぐんぐんと近付いてくるヌルゾンビとの対比に、ちょっと不安になってくる。

けれどラインに従いくるくると回転しながら、大盾は加速していった。

そして周囲にある雷を味方につけながら加速を続け、その運動速度がぐんぐんと上昇していく。

そして……激突。

メリメリメリッと嫌な音を響かせながら、ヌルゾンビの身体《からだ》をバキバキに折りながら吹き飛ばしていった。

なるほど、大盾だと衝撃がデカすぎるせいで相手を吹き飛ばしてしまうんだな。

身体の前半分をぐちゃぐちゃにされながらかなり後方まで吹っ飛んでいくヌルゾンビ達。

墓石にぶつかって上半身と下半身が泣き別れしたのと合わせて三体を観察する。

上半身が分かれているゾンビは、既に動きを止めていた。

前半分をぐちゃぐちゃにされたヌルゾンビ達は、とりあえず自分の周囲に向けてしっちゃかめっちゃかに攻撃を繰り返していた。

攻撃がかすった墓石は大きく抉《えぐ》れ、モロに食らった墓石は大きく吹き飛んでいた。

とんでもないパワーだ。

あれに麻痺《まひ》まで乗ってるとなると……近距離戦で戦うとなると、難易度が一気に跳ね上がりそうだ。

「とりあえず、一応なんとかなりそうで良かった……」

一分ほど動き回ってからぱたりと倒れたヌルゾンビを見て、ほっと一息つく。

どうやらヌルゾンビとの戦闘も、問題なくこなすことができそうで一安心だ。

——俺の考えた作戦は単純だ。

名付けて、『魔法が効かないなら、物理的な力で吹き飛ばしてしまえばいいじゃない』作戦だ。

ネーミングセンスについては触れないでほしい。

センスがないという自覚くらいはあるから。

バリエッタさんにヌルゾンビの攻略法を聞いた際、彼はこんな風に言っていた。

『ストレングスをかけてもらって攻撃を強化して、なんとか倒すことができたといった感じじゃったな』

それを聞いた俺はこう思ったのだ。

魔法は効かなくても、魔法で強化した剣は効くんだと。

そこまでいけば、後は簡単だ。

それなら魔法によって加速をした物で物理的に攻撃をすれば……問題なくダメージを通せるんじゃないか？

レールガンを使いまくっている俺からすると、この結論に帰結するのは当然だった。

そして結果はどうだったかというと……問題なく戦えることがわかった。

ヌルゾンビもゾンビと同様装備を腐食させる特徴があるみたいだけど、レールガンで打ち出して原形がなくなってるからあまり関係はないし。

よしんば使えなくなっても、盾にはまだまだストックがある。

足りなくなったら、第七階層で補充すればいいしね。

しかしこの第八階層……移動するのも一苦労だけど、ＬＶ上げにはもってこいだな。

ステータスを確認すると、今の戦闘でＬＶが２上がっていた。

とりあえず第九階層に近い場所にドアを設置したら、後はヌルゾンビ狩りだな。

雄叫《おたけ》びをしてくれるまで待ってれば勝手にやってきてくれるという親切設計だから、ずっと戦い続けることができる。

じゃんじゃんＬＶが上がるってわかったからか、この饐《す》えた臭いも全然気にならないぞ。

ヌルゾンビの討伐に勤《いそ》しむことしばし。

俺はこの階層の底意地の悪さに……笑みを隠せなかった。

それでもレールガンと『自宅』があるおかげで、順調すぎるほどにＬＶ上げを進めることができている。

相も変わらず、『騎士の聖骸』と俺との相性は最高だった。

俺が気兼ねなくＬＶ上げができるように作られたんじゃないかと邪推してしまう。

けれど俺にとってはＬＶ上げスポットであるこの第八階層は、ここまで苦労しながら冒険を続けてきた冒険者達の鼻っ柱をへし折るほどの難易度を誇っている。

高ＬＶ帯になるまで魔法を鍛えてきた人間は魔法が効かずに苦戦することになり。

同じく肉体ＬＶや身体強化するスキルなんかを育ててきた人間は、ヌルゾンビの数の暴力と死してなお動く不死性によって一撃をもらい、そのままヌルゾンビに食らい尽くされる。

ヌルゾンビはゴキブリのように、殺しても殺しても湧いて出てくる。

驚くべきことに、一度墓の中からヌルゾンビが這い出してきた後に、同じ場所から二体目のヌルゾンビが這い出てくることまであった。

文字通りの無限湧きである。正直ちょっとキモいが、経験値的にはありがたい。

この階層を攻略するためには、出てきたヌルゾンビを即殺することができるくらいの戦闘能力を身に付けるか、スピード特化で逃げ続けて第九階層に逃げ込んでしまうか、ウィンドサーチやシャドウダイブなどの補助系の魔法を使いまくって極力戦闘を避けていくかくらいしか選択肢がない。

ちなみにバリエッタさん達は、ヌルゾンビが出てきた瞬間全力で狩って雄叫びを使わせずに先へ進んだようだ。

え、俺？

俺は第四の選択肢だよ。

とりあえず出てきた最初のヌルゾンビが雄叫びで仲間を呼び出すのを待ち、湧いてきたヌルゾンビ達を片っ端からレールガンで倒していく。

そしてヌルゾンビが倒しきれないくらい増加してきたら自宅へ戻る。

これをやればやられることもなく、魔力か集中力の続く限りヌルゾンビ狩りをすることが可能だ。

どういう仕組みなのか、半日も空けるとあれだけ大量にいたヌルゾンビ達は消えてしまっている。

大量に空いていたはずの穴も全て綺麗《きれい》に塞がってしまっているのだから、ダンジョンは摩訶不思議《まかふしぎ》である。

俺は電磁気を発生させる雷魔法のエレクトロを使いレールガンで使った鉄製品達をアイテムボックスに回収してから、再び湧き出したところでヌルゾンビ狩りを再開する。

これがここ最近の俺のルーティーンだ。

ちなみにヌルゾンビの身体に容赦なく叩《たた》き込みまくっているせいで、俺の持っているスケルトン達の武具達は既に完全にボロボロになってしまっている。

というか腐食した部分が剝がれて、新しい部分がまた腐食してというのを繰り返すうち、最近はボロボロを通り越して、なんか黒ずんだオーラみたいなのまで発し始めている。

『これヌルゾンビの怨霊とか籠もってないよな……？』とビビりながらも、とりあえず使わせてもらっている。

ちなみに黒いオーラを発するようになってからなぜか腐食は止まったため、盾がなくなってわざわざ第七階層まで盾を集めにいくという事態にはならずに済んだ。

ついでに付け加えておくと、ここ十日ほどはヌルゾンビ狩りしかしていないため、俺の鼻は完全にぶっ壊れてしまっている。

ティッシュを詰めても貫通して臭ってくる腐臭のせいでここ最近俺の食欲は減退してお

り、家にあるニンニクや唐辛子といった刺激の強い香辛料を使ってなんとか食事をしている状態だった。

「そろそろ次の階層に行くか……」

いつものヌルゾンビ狩りを終えてから自宅内でゆっくりしていた時、気付けば俺はそう呟《つぶや》いていた。

いくら無限ヌルゾンビ編を開催できるとはいえ、流石《さすが》にLVも上がりづらくなってきた。狩り場としては優秀なので上げようと思えばまだLVも上げられるんだが、効率は当初と比べれば大分落ちてきている。

進めば進むほど強力な魔物が出てくるという構造上、より効率のいいLVアップを目指すのならそろそろこの臭い階層からもおさらばして、第九階層へ行った方がいいかもしれない。

あまりゆっくりとLV上げをしているだけの余裕もないし、俺は一度第九階層へ向かってみることにした。

しっかりと休息を取ってから、定期的に行っているステータスの確認をやることにする。

「ステータスオープンっと」

～～～～～～～～～～～～～～～～～～～～～～～～～
【鹿角《かづの》勝《まさる》】
ＬＶ　１１２
ＨＰ　１２３０／１２３０
ＭＰ　１８４０／１８４０
攻撃　２４７
防御　２６７
魔法攻撃力　４２３
魔法抵抗力　３９９
俊敏　２５３
ギフト『自宅』ＬＶ４
スキル
光魔法ＬＶ10（ＭＡＸ）　闇魔法ＬＶ６　火魔法ＬＶ７
風魔法ＬＶ９　水魔法ＬＶ９　土魔法ＬＶ４
雷魔法ＬＶ10（ＭＡＸ）　氷魔法ＬＶ６　時空魔法ＬＶ10（ＭＡＸ）
魔力回復ＬＶ９
～～～～～～～～～～～～～～～～～～～～～～～～～

よしよし、どのステータスも均等に上がってるな。

これだけあれば第九階層の魔物もなんとかなるはずだ。

魔力回復も9まで上がってくれて、今では十分で18MPが回復してくれる。

おかげでほとんど息切れすることもなく魔法が……って、あれ？

「……んんっ!?」

喉の奥から変な声が出た。

よく見たら――『自宅』のLVが4に上がってるじゃないか！

第九階層に行こうと思ってたけど予定変更だ。

まずは『自宅』の新たな力の検証をしなくちゃいけないからな！

頭に『自宅』の力を思い浮かべてみる。

するとその中に、今までにない項目が追加されていた。

えっとこれは……LV4になって新たに解放された力は、その名を増築というようだ。

言葉を字面通りに捉えるなら屋敷を増築する力としか思えないが……これはあのリフレッシュより高LVで手に入る力なのだ。

いやが上にも期待は高まるというものである。

「増築」

実際に口に出して使ってみると、目の前に突然光の板が現れた。

『増築したい施設を選んでください』

板にタッチしてみると、続いて増築できる施設が現れる。

・トレーニングルーム（ステータス向上）
・シミュレーションルーム（戦闘技能向上）

現在増築可能な施設は、この二つだけのようだ。

その他にも色々増築できるものはあるみたいだが、この二つの下のスペースには？？？？？（使用不可）と書かれており、字の色が灰色になっている。

恐らくこれも未《いま》だ使えていない光魔法のＬＶ10の魔法と同様、なんらかのきっかけでアクティブになるものなんだろう。

しかし……なるほど。

家をリフォームして間取りを大きくしたりするのかと思ったけど、思ってたよりかなり実用的な力みたいだ。

ステータスの向上と戦闘技能の向上は、どちらも今の俺に必要なものだ。

何せ今のところ魔法によるごり押ししかしてないからな。

発動速度自体は速くなってるけど……これが戦闘技能かと言われるとちょっと違う気もするし。

俺はどちらにするか悩んだ結果、ステータス向上のトレーニングルームから増築をすることにした。

結局それかよって思うかもしれないけど、俺的には大真面目だ。

何せこの世界では、ステータスが正義だ。

誰よりもステータスの恩恵を受けているだろう俺だからこそ、そう断言できる。

ぶっちゃけ戦闘技能は長い時間をかけて培っていくものだろうし、多少上がったところで焼け石に水だろう。

今からシミュレーションルームに一月籠《ひとつき》もっても、騎士顔負けの剣術が使えるようになるかと言われると、そうじゃない気がするし。

それなら今の俺に必要なのは、とにかく数値の暴力でごり押しできるようにするためのステータスだ。

ただ、増築ってどうすればいいんだろう。とりあえずこれをタップすればいいのか？

タップしてみると、画面が進んだ。

『ＭＰを注ぎ込んでください　充塡ＭＰ　０／１００００』

え……ＭＰ１００００も使うのっ!?

思ってたより大分必要なんだな……トレーニングルームを作ろうとするなら、しばらくダンジョンの攻略は絞る必要がある。

ダンジョンでのＬＶ上げか、『自宅』か……その二択なら、答えは決まっている。

「俺は迷わず『自宅』を選ぶ！」

俺はこの『自宅』のギフトの可能性を信じている。

外に出ることすら億劫《おっくう》だった俺に、食料や水を恵んで時間を与えてくれたのも『自宅』だ。魔法のスキルＬＶを上げて、俺にこの世界で生きていけるだけの力を身に付けさせてくれたのも『自宅』だ。

『自宅』を信じなくて、一体何を信じるというのか。

光の板に触れて念じれば、ＭＰを流し込むことは簡単にできた。

今使えるＭＰを全て使い込むと、急速に眠気がやってくる。

これをあと五回か……攻略は少し遅れるけど、ここはなんとかするしかないだろう。

それから俺はしばらくの間、ダンジョン攻略を一旦中止し、ＭＰを注ぎ込み続けることにした。

食っちゃ寝食っちゃ寝という生活を続けること早三日目、今日でようやく指定されていたMP10000に到達することができる。

「さて、どうなるかな……」

MPを注ぎ込み、充填MPをマックスにする。

すると……。

『増築が完了しました』

そんなメッセージが現れると同時に、ガシャリと何か重たいものが落ちたような音がした。

今は居間にいるんだが、音は上から聞こえてきている。

音源はどこだと思い向かってみると、俺の部屋だった。

俺の部屋の中に……見たことのないドアができている。

「なんか……違和感がすごい」

長いこと暮らしてきた、七畳の俺の部屋の隅。

そこにまったく見慣れない異物が紛れ込んでいる。

外から見えないようカーテンで隠されていた、かつて窓があった一角。

そこにあったはずの窓がカーテンごと取っ払われており……なぜかドアができている。

ポスターや学習机がある室内にそぐわないマホガニー材のような光沢のあるドアが、あまりにも不自然に部屋に接合されていた。

ドキドキしながらドアを開く。

するとそこには……。

「これ……どこからどう見てもジムだよね？」

明らかに我が家よりも広いサイズのジムらしき空間が広がっていたのだった――。

番外編

獅子川高校文化祭

Kurasu Ten-i shitara nazeka
Hikikomori no Oremade Isekai ni
Turetekaretandaga

文化祭。それは俺のような陰キャにはあまりにも酷なイベントだ。

誰かと一緒に何かをやるのが嫌いってわけではないんだけど。

「えー、それでは獅子川《ししがわ》高校文化祭でやる出し物を決めていこうと思いまーすっ！」

そう言っておーっと拳を高々と掲げているのは、御剣《みつるぎ》エレナ。

ハーフロリっ娘《こ》モデルインフルエンサーとして活動している彼女は自分の見せ方をしっかりとわかっている。

幼気《いたいけ》な子を気取りながらも自分の一番映える角度を意識した体勢をキープしていて、いかにもあざとい。

けれど男というのは結局あざとさが好きなのだ。

あそこまでの養殖ものだと俺の好みではないけど、どうやら他のクラスメイト達《たち》からすれば彼女は天使か何かに見えているらしく、話し合いのボルテージが一気に上がり出す。

「はいはーい、メイド喫茶がいいと思いまーす！」

「ちょっと古典的過ぎじゃないか？　やるならコスプレ喫茶の方が……」

男達が進行役である議長の御剣さんにいい顔をしようとしているけれど、残念なことにそれらは全て無駄な努力と言わざるを得ない。

何せ彼女の目は、会議が始まってからずっと一人の人物に固定されているんだから。

「喫茶店……？　なぁ朱梨《あかり》、どうして喫茶店がそんなに人気が高いんだ？」

「わからん……飲食できるクラスは数が限られてるだろうし、申請が通りづらいと思うんだが……」

御剣さんの視線の先には、ピシッとした姿勢で椅子に座っている一人の男子の姿があった。ブレザーの制服をまるでスーツか何かのように着こなしている彼は、聖川和馬《ひじりかわかずま》君。

熱気がムンムンと上がっているクラスの中にあっても貴公子然としている彼はこのクラスの絶対王者にして絶対強者、そして和馬ハーレムの主《あるじ》でもある。

何せ俊台模試では常に成績優秀者の欄に名前が載り、強豪校であるうちのサッカー部で一年生にしてエースストライカーになり、チームの柱になっていると聞く。

まだ入学してから一ヶ月ちょっとしか経《た》ってないのになんで柱になってるんだよ……と思うけど、そういうことを平気でするのが和馬君クオリティというやつだ。

流石《さすが》リアルでハーレム作るだけのことはある、ただ者じゃない。

ちなみに実家は五大財閥の一つである聖川財閥であり、その辺りも攻守共に隙がない。

「私は座禅や瞑想《めいそう》体験なんかいいと思うんだが……」

「座禅か……爺《じい》ちゃんに良くやらされたな。悪くはないけど、皆が浮かれて楽しむ文化祭にはちょっと不釣り合いじゃないか？」

「むぅ、そうか……」

自分が出した案にケチをつけられて少し眉を下げているのは、古手川《こてがわ》朱梨さん。

オニキスのように光沢のある黒髪を肩の辺りで切り揃《そろ》えている、正統派の美少女だ。武家の大家である古手川家の一人娘であり、曲がったことが大嫌いな感じの直情径行タイプだ。

和馬君の隣の席で仲睦《なかむつ》まじげに話していることからもわかるように、彼女は和馬ハーレムの構成員の一人だ。

貞操観念高そうなのにハーレムメンバーなの、本人的にはどう思ってるんだろう。

「むむむ……」

そんな二人の様子を見て、御剣さんが頬を膨らませている。

様子を見ればわかると思うけど、彼女も当然和馬ハーレムの一員だ。

リスみたいでかわいいと誰かが言い出すが、もこもこしてるし普通にリスの方がかわいいと思う。

「お義兄様、でも飲食店をやった方が売り上げは上がると思います。学年首位を狙うなら、王道を行くのが強いかと」

「ふむ……たしかにその通りだな。失敗した時のB案と成功した時のA案、二つ考えておく形にしようか」

「うんうん、エレナもそれがいいと思う！」

和馬君の後ろにひっつくようにいるのは、聖川藍那《あいな》さん。

大和撫子《やまとなでしこ》を地で行く感じの、男の三歩後ろとかを黙ってついていきそうな感じの女の子だ。ただ性格は少しキツめで、和馬君の前では猫を被《かぶ》っていることが多い。

兄妹なのに同じ学年だなんて、両親が相当ハッスルしたんだなぁと当初は下世話なことを考えていたんだけど、どうやら二人は血が繋《つな》がっていないらしい。

義妹ならセーフカウントだからか、彼女も和馬ハーレムの一員になっている。

ただどうも和馬君は彼女のこと、女性としてというより妹として見ている感じがするけどね。

「やるんだったらやはり私達の利点を最大限活《い》かした形にするのがいいと思います！」

「なるほどつまり……座禅だな？」

「座禅なわけないでしょ、朱梨ちゃんのバカ！　皆かわいいし、私達が前に出て接客するのが一番だって！」

「接客か……私の苦手分野だな」

「朱梨って武芸以外に得意分野あるのか……？」

俺がそんな風に和馬ハーレムを眺めているうちに、和気藹々《わきあいあい》とした話し合いは続いていく。基本的に会話の中心になるのは議長である御剣さんと、彼女がいちいち意見を聞く和馬君だ。スクールカースト最上位である彼らはキラキラしてるからね。

その美貌やカリスマ性もあり、誰も逆らうことができないような空気感ができあがっているのだ。

学校は社会の縮図っていうけど、社会も本当にこんな感じなんだろうか。

だとしたら大人になりたくないなぁ、なんていう風に思ってしまう。

会議が熱気を帯びていく中、俺は変わらず一歩引いた状態でクラスの中を俯瞰《ふかん》していた。

一旦自分のアイデアをまとめるために、意見交換の時間を設けることにしようということになった。

ただ俺自身、文化祭にまったく興味がないんだよなぁ。

そもそも当日は仮病を使って休むつもりだから、準備をしようという気もあまり起きてないし。

（集団行動とかって、苦手なんだよねぇ）

『何か一つの目標に向けて皆で頑張ろう！』みたいな体育会系のノリは、正直得意じゃない。

和馬君達は学年優勝を狙うつもりのようだけど、同じノリで頑張れる気はちょっとしないかな。

疎外感……というのとも少し違う。なんとなく自分がここにいることに違和感を覚えているというか、上手《うま》く溶け込めていないというか……。

「勝《まさる》君、どうかしたの？」

漫然と床を見ていると、俺の前にひょこっと小さな影ができる。

顔を上げればそこには、立ち上がり目の前にやってきている有栖川《ありすがわ》未玖《みく》さんの姿があった。腰の辺りまで伸ばしたキューティクルの行き渡った黒髪に、完璧な配置で形作られた容貌。ふんわりと香ってくるやわらかく甘い香りは、ボディミストか何かだろうか。

香水は校則で禁止されているので、そのギリギリをついている形なのだろう。

「いや、なんでもないよ。ただ早く終わらないかなって思ってるだけ」

「まだ半分以上時間残ってるもんね」

周りを見るとそこには、ああでもないこうでもないと話をしている同級生の姿があった。

和馬君くらいの有名人であれば俺も覚えているけど、正直顔と名前が一致していない人達も多い。

オタクグループに所属している人もいるし、和馬ハーレムとは別の存在感を発しているギャルっぽいグループもいる。

俺のように誰ともつるんでいない人間はあまり多くない。

本当はもう一人いるんだけど、彼はその、なんていうか学校に縛られることがない人だからね……。

「勝君は何かやりたいこととかあるの？」

「文化祭で？　うーん、強いて言うなら原価を割ってそうな出し物を探して元を取りたいかな……？」

「節約が趣味の主婦みたいな発想だね……」

実際中学の頃、文化祭の見学に来た時には似たようなことをしたしね。

出し物をするのはまだ大人になっていない高校生だし、うちの獅子川《ししがわ》高校には育ちの良い感じの普通の子が多い。

なのでお菓子が五十円でつかみ取り出来たり、一回百円の輪投げの景品がどう見ても二百円以上ありそうみたいなことが多々あるのだ。

ただわざわざ一日を潰してまでやることかと言われると、正直微妙だ。

見学自体、それを理由にすれば登校の一日分をサボれるから行ったところが大きいし。

未玖さんに話を聞いてみると、彼女は普通に調理をしないレクリエーション系の出し物がしたいらしい。

「調理だと何かあった時の責任問題とか起きそうで嫌じゃない？　食中毒とか出たらシャレにならないもん」

「エアガンを使えば射的なんかもできるしね」

景品を各自持ち寄りでやればお金も買い出しの手間もかからないので非常に楽に済ませられそうだ。

ああでもないこうでもないと話をしているのは楽しかった。

未玖さんは一人でいることが多い俺の、学内で唯一の友達と言ってもいい存在だ。

彼女と一緒にやるのなら、文化祭の準備も少しは面白くなるかもしれない。

「じゃあそろそろ改めて意見を……」

壇上に上がった御剣さんが音頭を取ろうとしたところで、外から低いうなり声のような音が響いてくる。

窓から覗《のぞ》いてみると、校門の前に排気量がすごそうな真っ赤なスポーツカーが止まっている。

右側のドアを上に開きながら出てきたのは、頭をまっ金々に染めている御津川晶《みとがわあきら》君。

運転席に乗っているのは赤いルージュを引いたいかにもしごできな感じの女性。

御津川君は別れ際に欧米かとツッコミを入れたくなるような熱烈なハグとキスをしている。お、大人だ……。

「大人だね……」

どうやら隣に居る未玖さんも同じ感想を抱いたらしい。

なんでも学生の女子は女に見えないと、御津川君は常に年上の社会人女性としか付き合うことがないらしいけど……あの様子を見ると、本当なのかもしれないね。

獅子川高校は一応偏差値も65を超えているバリバリの進学校だけど、彼だけはまるで少年漫画から飛び出してきたかのような世界観に住んでいる。

あんなファンキーな生き方をしているのにこの学年では和馬君に次いで二番目の成績をキープできているというのも不思議だ。

実は皆にバレないように、こっそり勉強とかやってたりするんだろうか？

（あ、体育の先生がそっぽ向いた）

最初の頃は先生達《たち》も注意をしていたけれど、何を言っても聞かないし何より眼光とオーラがエグすぎるせいで、今では触れてはいけないあの人みたいな扱いを受けている。

ガラガラッと勢いよく扉が開くと、御津川君は自分の席へ座り、そのまま突っ伏して眠り始めた。相変わらず今日も自由すぎる。

御津川君がやってきて一瞬クラスの空気感が変わったけれど、その後は特に何の問題もなく話し合いは進んでいった。

俺や未玖さんの必死の抵抗虚《むな》しく、申請の出し物はメイド&執事喫茶に決まってしまった。失敗した時のB案は輪投げになったが、ここが今の俺達の限界だった。

オタク達が和馬君側に回ってしまった時点で、俺達に勝ち目はなかったのだ……。


それから一週間の後、出し物が決まった。

厳正な抽選の結果、見事我が一年一組が五倍という超高倍率を乗り越え、食事提供可能な枠を引き当てることになってしまったのである。

抽選を引いたのは和馬《かずま》君ということらしいけど、流石《さすが》彼は持っている。

その引きを文化祭で使う必要はなかったんじゃないかと思うけどね。

文化祭が始まるのは六月の頭。今は五月の初旬なので、残された期間はおよそ一ヶ月弱だ。一ヶ月は意外と短い。

最初の頃は手を抜いて後からヒーヒー言うのがいわゆるお約束というやつだけど、うちのクラスはそこら辺はかなりしっかりとしていた。

「メイド服に関しては私の知り合いから借りてくるよ。すごいミニのやつとかあるかもしれないけど、そこは許してね！」

人の耳目を引く必要があるインフルエンサーはとにかく横のつながりが広いらしく、女性向けのメイド服は御剣《みつるぎ》さんが伝手《つて》を使って用意をしてくれた。

「執事服なら俺が実家の方から借りてくるよ。持ち出しは経費カウントされないから、かなり高級めなスーツでも平気で助かるな」

男性向けの執事服の方も、和馬君があっという間に用意してみせた。

ちなみに和馬君が両方用意していないのは、彼の実家のメイドがいわゆるヴィクトリアンメイドだからだ。

ミニのフリルや胸元が開いたメイドなんてものはこの世に存在しないので、女性向けの衣装はコスプレの方がいいとオタクグループが鼻息荒く熱弁し、それが採用された形である。

五日もかからずに衣装が一通り用意できたので、まずは皆で袖を通してみようという流れになるのは当然のことだった。

そしてメイド服に関してはある程度の数しかないのに、執事服はなんと一人一着用意されており、なぜか俺も着ることになってしまった。

恨むぞ、和馬君……。

服のお披露目は六限目の総合の時間にやることになった。

放課後であれば適当に理由をつけてサボろうと思っていたのに、間が悪いというかなんというか……。

まずは全員分揃《そろ》っている執事服に袖を通す。

「こうでいいのかな？」

「こんなん適当に着りゃあいいのさ」

クラスメイト達の視線は、和馬君と御津川君に釘付《くぎづ》けだった。

執事服には慣れていないはずの和馬君と、なぜか使用人姿がバッチリと決まっている御津川君が一番似合っているというのはなんだか不思議だ。

イケメンは何を着ても似合うってやつなのだろうか。イケメン死すべし、慈悲はない。

他のクラスメイト達は、まあ良くも悪くも普通な感じだ。

ただどうやら和馬君が持ってきたスーツは一着の値段がウン十万円するらしく、皆戦々恐々としながら汚さないよう慎重に動いている。

ちなみに俺は普通に着てるし、暑いから中のシャツも普通にまくっている。

貸し出された服は使用人達が前に着ていたものらしいし、問題はないだろう。

ダメになっても気にしないって本人が言ってるんだから、気にしなくていいはずだ。

「うわあすごい、似合ってるよ勝君！」

そう言ってパチパチと手を叩《たた》く未玖さん。

周囲の視線は明らかに和馬君達に釘付けで、こっちを見ているのは彼女だけだった。

未玖さんの様子を見て、和馬君の表情が少し変わった気がした。

クラスカースト圏外（誰とも関わってないから）の俺が注意を引いているというのが許せないのかもしれない。

『案外器《うつわ》とかちっちゃいタイプなのかな？』と考えていると御津川君がこっちにやってきた。当然ながら、その後ろには和馬君も付いてくる。

「未玖はメイド服着るのか？」

「なんで？　晶君には関係なくない？」

「お前もこの苦しみを味わえ」

「人を呪わば穴二つって知ってる?」

未玖さんと御津川君の軽快なやりとりを見て少し驚く。

この二人、案外仲良いんだね。初めて知ったよ。

「晶君とは中学校一緒だったんだよね」

「まぁな」

どうやら驚きが顔に出ていたらしい。

少し蚊帳《かや》の外な和馬君がずいっと前に出てくる。

あー、なんとなく彼のキャラがわかってきたかもしれない。

自分が一番じゃないと許せないタイプっぽい。

「有栖川さん、どうかな?」

「うん、似合ってると思うよ。聖川《ひじりかわ》君が執事服を着てるの、なんか新鮮かも」

未玖さんがにっこりと笑みを浮かべながら、和馬君のことをしっかり褒めていた。

和馬君の方もまんざらではないようで、謙虚なドヤ顔をしながら頷《うなず》いている。

ただ未玖さんとある程度付き合いがある俺にはわかるんだけど、今の彼女はめちゃくちゃ仮面を被《かぶ》っている。

きっちり相手の思惑に乗りながらコミュニケーションをする様子は俺には真似《まね》できそうにない。未玖さんはクラスカーストで和馬君達と同じくトップ層だからなぁ。

やっぱり人当たり一つとっても俺とは全然違う感じがするよ。

二人が話をしている間に、なぜか御津川君がこっちにやってくる。

彼は胸ポケットに手をやって、おっと、とすぐに手を下げた。

そこから一瞬だけ緑色のアメリカンなスピリットの宿った箱が顔を出しかけたけれど、それには気付かないふりをしておく。

あれ、でも執事服のポケットに入ってるってことは、さっき吸ってたってことじゃ……くわばらくわばら。触らぬ神にたたり無し。

御津川君はギンッという効果音が付きそうなほどに鋭い瞳でこちらを見下ろしてくる。

タッパがかなりあるので、威圧感がすごい。本人に悪気はなさそうなのもまたすごい。

「和馬って、ガキだと思わないか？」

「うーん……ノーコメントで」

「俺は女の前では常に格好つけるあれは、普通に悪癖だと思うんだがな」

「ノーコメントでって言ってるんだけどな……」

俺みたいなカースト外の人間が下手に和馬君の悪口を言えば何がどうなるかわからない。

和馬ハーレムのメンバーに目をつけられたりしようものなら、高校生活が灰色になること間違いなしだしね。

「お前……」

「な、何？」

「タバコ吸うか？」

「俺を悪の道に誘わないでくれるかな!?」

「かかっ、冗談だよ、冗談。――俺、飽きたから早退するわ。サケ先に伝えといてくれ」

それだけ言うと御津川君はその場で着替え始めた。女子生徒達が黄色い声を上げるが、ガン見している子達も結構いる。

ていうか、ものすごく引き締まった肉体だ……というか腕にあるあれって、どう見ても銃痕じゃ……と内心でビビっているうちに着替えは終わり、彼は本当に教室を出て行ってしまった。

「え、えぇ……俺が言わなくちゃいけないの……？」

フリーダムが過ぎる。後四十分くらいで下校時刻なのに。

学校ってそんな好きなように来たり帰ったりできる場所じゃないと思うんだけどなぁ……。

「勝君《まさる》、待っててね！」

続いて女子の着替えタイムになった。蝶《ちょう》ネクタイということもあり男達の着替えはわりとパパッと終わったが、女子は色々と準備が必要だからか待つ時間が結構長かった。

授業中はスマホの使用は禁じられてるので、適当に本を読みながら時間を潰していると、ガラガラッと扉が開く。

「お義兄様、どうですかっ!?」

最初に入ってきたのはセウト義妹な藍那《あいな》さん。

流石は名家の出身だけのことはあり、貞操観念のしっかりしている長めのドレスだ。

ただそれでもすねの辺りまでしか長さがなく、ほっそりとした足がちらちらと覗《のぞ》いている。

「「おぉ……」」

クラスメイト達が声を上げるが、残念なことに藍那さんの視線は和馬君に固定されていた。

その後も次々とコスプレをした和馬ハーレムの皆様方が入ってくる。

御剣さんがインフルエンサー仲間から借りてきたものなだけはあり、なかなかに過激なものも多かった。

「うーん、どう、似合ってるかな？　かな？」

「足がスースーして落ち着かないぞ……」

基本的にはミニスカートが多く、スカートとロングの靴下の間にある絶対領域がなまめかしく見える作りになっている。

ごくりと誰かが唾を飲み込む音が聞こえてきた。

しっかし、どれも丈が短いなぁ。

古手川《こてがわ》さんが真っ赤になりながら着ているミニスカートなんて、少し風が吹けばそのまま中にあるパンツが見えそうなほどに短い。

道ばたで歩いてたら間違いなく痴女認定されるレベルの、ハロウィンの渋谷とかでしか認められないレベルの短さだ。

縫製も思っていたより随分としっかりしている。ドン◯に置いてある三千円いかないくらいの量産コスプレとは比べものにならないくらいだ。

え、なんでそんなことを知ってるのかって？

それは……ノーコメントでお願いします。

「勝君……どうかな？　個人的にはこれが一番かわいいかなと思ったんだけど」

そして未玖《みく》さんが着てきた物は、とうとうメイド服かすら怪しいレベルのコスプレ衣装になっていた。

いや、基本的にはミニのプリムみたいな感じなんだけれど、なぜかカチューシャに触角がついているのだ。くるっと後ろを振り返ると、スカートの後ろからは黒くて先端の尖《とが》った尻尾も生えている。

こ、これはどういうことだろうか。

サキュバスメイドって、ちょっと属性盛り過ぎでは……いやでも、ご奉仕するメイドが

サキュバスというのは確かに男心を……そんな風に哲学的な思考に耽《ふけ》っているうちに、皆が着ているメイド服がただミニスカメイドなだけではないことに気付く。

しっかり確認してみると、未玖さんがつけているような触角や尻尾だけじゃなくて、メイド服が黒かったりスリットが入っていたりと変化球の衣装もちょいちょい見られるようになっていたのだ。

これってメイド&執事喫茶というコンセプト的にどうなんだろうか？

まあどうであるにせよ……。

「似合ってるよ、すごく。一瞬異世界に転移したかと思った」

「あははっ、何それ。勝君って、たまに変なこと言うよね」

うちの一年一組は、中身や実情は一旦置いておくとして、外見だけを見ると非常に粒ぞろいな人達《たち》が多い。何せSNSの総フォロワー数が五十万人を超えている御剣《みつるぎ》さんレベルの人材がゴロゴロいるわけだからね。

彼女達がこのコスプレ衣装で接客をすれば、そりゃあとんでもない量の耳目を引けるだろう。

下手なキャバクラなんか目じゃないだろう。何万でも出すというおじさまが居ても不思議じゃないぞ。

「ただこれだと……うーん」

「どうかしたの？」

「いや……こんなきわどい衣装じゃ、絶対ＯＫ出ないでしょ」

「あ、あはは……それはたしかに……」

そんな俺の懸念は見事的中することとなり、御剣さんの持ってきたバズり用コスプレメイド衣装は見事にその全てに使用許可が下りなかった。

そして結果的に和馬《かずま》君の家の使用人が使っているヴィクトリアンメイド用のメイド服を持ってきてもらう形で話がまとまるのだった……まあそれでも、着る人の素材が良いからどうとでもなるのは間違いないだろうけど。

高校の文化祭は、中学の頃にやっていたものがおままごとに思えるほどに気合いの入ったものだった。

この獅子川《ししがわ》高校では生徒達に金を稼ぐ喜びを知ってもらうためという理由で、稼いだお金に関しては打ち上げに使用することもできる。

そのため生徒達の意気込みのレベルが違うのだ。

皆本気で人を集めて、出し物を繁盛させようと頑張るのである。

俺はクラスの中ではそれほど目立つ立場ではないけれど、目立っていないからという理由で何もしないのは許されないような空気感があった。

準備に駆り出されることも一度や二度ではなく、買い出しにいったり不要な段ボールなんかを集めてきたりすることも何度もあったほど。

そして今日はとうとう文化祭当日。

時刻は午前七時半、登校するならそろそろ家を出なければいけない時間だ。

「行くべきか行かざるべきか……それが問題だ」

俺は鏡の前で、シェイクスピアの劇の如《ごと》く頭を悩ませていた。

内装に必要な紙細工を家で仕上げたりもしたし、夜遅くまでファミレスで作業をしたりもしている。俺自身、文化祭に対し結構な時間を費やしてはいるのだ。

けれどそれと文化祭に行くかどうかというのは別問題。

(サンクコスト的なことを考えるのなら、行かない方がコスパがいい気がする……)

目立たない地味な人間が文化祭に行ったところで、最終的な勘定がプラスに終わる公算は低い。

だったら最初から行かずに普通にサボって漫画でも読んでいる方がマシである。

「よし、サボるか」

「何をサボるの？」

「そりゃもちろん学校を……って、なんでここに＞＞1君が!?」

「勝君って時々変なこと言うよね」

ここはどこ？　ここは我が家。

隣に居るのは誰？　それは未玖さん。

そう、なぜか俺の部屋の中に未玖さんの姿があった。

着用する予定のサキュバスメイド服（控えめ）をひらひらと左右に振っている。

「なんとなく勝君を連れてこなくちゃいけない気がして」

「なんという神の啓示だ……っ！」

というか普通に心臓に悪いから、未玖さんをそんなひょいひょい家に上げないでほしい。

そりゃ来るのも初めてではないけどさ……。

こうして俺はサボろうとしているところを未玖さんに引き連れられ、無事学校に行くことになりましたとさ。

めでたくなしめでたくなし。


「いやぁ、楽しみだね文化祭」

「そ、そうだね……？」

「どうして疑問形なの？」

それはもちろんちっとも楽しみじゃないからだけど、にこにこと笑っている未玖さんを見るとそう正直に言うのははばかられた。

電車に乗り、通勤ラッシュの中を揺れてゆく。

駅で降り学校へ向かうと、なんとなく空気が違う。

道行く生徒達はどこかそわそわしていて、熱気があたりに漂っているような感じがした。

「勝君《まさる》はたしか午前だったたっけ？」

「えーっと……うん、多分」

どうせサボるだろうなぁと思ってたから、自分の細かいシフトは覚えていない。

ただ執事として接客をする時間はかなり短めで、裏方で調理補助や買い出しに行くのがメインだったはずだ。

「私も午前シフトだから、午後は一緒に出し物を見て回らない？」

「うん、いいよ」

どうせ来たんだったら楽しまないと損だしね。

一応自習室は空いてるみたいだけど、文化祭の最中まで勉強したり本でも読んで時間を潰したりなんてのも嫌だし。

学校に入ると、あちこちから怒号や悲鳴が聞こえてくる。

どうやらまだ準備が終わっていないところも多いらしく、ドタバタと辺りを走り回る音も聞こえてくる。

クラスに入るとそこも戦場……なんてことはなく、皆ゆっくりと準備を始めていた。

和馬君を始めとしたハイスペックな人達が既に完璧に事前準備をしてくれているおかげで、あくせく動く必要はないのがありがたい。

「それじゃあね」

「うん、また後で！」

そうしているうちにチャイムがなり、いよいよ文化祭が始まる。

俺はとりあえず最初は入場整理の担当をすることになった。

教室の中がしっかりと雰囲気を出せるよう、外にいる人員である俺は普通に制服だ。

「……ってうおぅ、いきなりすごいな」

外に出ると、まだオープンしてもいないのに既にお客さんが扉の前で列を作り始めていた。男女比はおよそ一対二くらい。どうやら気合いの入った和馬君のファンが多いらしく、最前列にいる女性陣は明らかに目が血走っていた。

こりゃ段取りよく仕事をしないと、他の人達に迷惑がかかりそうだ。

「はーい、こっちに二列で並んでくださいねー！　あーすみませんお客様、うちは五人以上のご利用はできなくて、二人と三人に分かれて着席してもらう形でも大丈夫ですか？」

とりあえずちゃっちゃと整列させて、なるべく他のクラスの方へ列が邪魔をしないように並びの向きを変えていく。うちが端っこだから、そのまま列を階段の方に流せて助かった。

「亜里砂《ありさ》さん、ガムテープで列を誘導できるよう矢印と線を引いてもらえる？」

「わかった！」

動いてもらうのは同じ裏方の亜里砂さんに任せ、整理をしながら列全体がはみ出ないよう気をつけていると、とうとうクラスの扉が開いた。

ゆっくりと捌《さば》けていく人員。最初なだけなことはありガッと人が減ったが、まだ列は途切れない。中がどんな様子なのか気にはなったけど、それを確認するのはこのお客さん達をなんとかしてからだ。

うちは接客の都合上、そこまで回転率が早いほうではない。

なので一旦客の流れが途切れたところで、一定より後ろの人達には事前に用意していた整列用のボードに名前を書いてもらうことにした。

名前と人数、そしてその横には呼び出し時間が書いてあり、わざわざ並ばなくても良いようにするためのシステムだ。

この呼び出し時間から十分以上が経過すると無効になるというルールに了承してもらい、長蛇の列になりそうだったところを解散させる。

一段落ついたところでボードを確認すると、既に名前の書かれた紙は三枚目に突入していた。

ざっくり計算をして、ボードの脇にある体育館から拝借してきたスコアボードを使い、二時間待ちだとわかるようにしておく。

「ふぅ……これは来て良かったかも」

俺が来なかったら、残りの人員だけであの列を捌き切れていたかは怪しい。

誰か代わりは来たかもしれないけど、そうなったら穴埋めでどこかに歪《ゆが》みは生じていたはずだ。

（ちょっと中を覗《のぞ》いてみよっかな）

列の整理や案内に慣れて少し余裕が出てきたので、俺は隙を見てクラスの中の様子を確認することにした。

「お帰りなさいませ、お嬢様」

「和馬様……一生推していきます……」

そこにはキラリと真っ白な歯を輝かせる和馬君と、その魅力にメロメロになっている女子生徒の姿がある。

指名料とかを取るとあまりにも夜の店っぽくなりすぎるので、今回接客するキャストは完全ランダムの形を取らせてもらっている。

ただガチ恋勢は複数周回をして、執念で推しがキャストに付くまで粘っている。何せ既に見たことあるなって人を何人も見かけてるからねぇ。

何度も飲み物とかを注文してて、お腹《なか》たぷたぷにならないのかな。

「ねぇねぇかわいいね、良ければこの後一緒に遊ばない？」

「あははお客さん、うちはそういうお店じゃありませんので－」

御剣さんはチャラそうな男の人達《たち》を華麗に捌き。

「この後演舞があるので、是非見に来てくださいッス！」

「ああ、わかった。時間が合えば見に行かせてもらおう」

古手川《こてがわ》さんはスポーツマン達から熱烈な歓迎を受け、模擬戦や観戦に何度も誘われていた。少し離れたところには未玖《みく》さんの姿があった。扉越しに見ていると、ちらっと彼女と視線が合う。

するとと彼女はこちらに、パチッとウィンクをしてくる。

サキュバスメイド姿の彼女に少しクラクラしながらも、手を上げてなんとか反応だけは返しておくことができた。

（ふーむ、めちゃくちゃ上手《うま》く回ってるな）

どうやら成功の原因は案内をしているクラスメイトが、相性がいいお客さんを選んで対応させるようにしていることにあるようだ。

えっとあそこで切り盛りしてるのはたしか……恩田《おんだ》君だったっけ。

お調子者な三枚目ポジションの男子だと思ってたんだけど、まさかこんな風に見事な差配ができるとは。

人がどこで輝くかって、まったく予想がつかない。

クラスメイトの新たな一面を発見したりするのは、ちょっと面白い。

途中からは完全に捌くことに慣れ、問題を起こすことなく担当時間を終えることができた。次の担当の子に引き継ぎに必要なことをトークアプリで送り、そのまま未玖さんへメッセージを送る。

すると一瞬で既読がついた。

男って単純だから、こんな風にすぐに既読がつくと、もしかしてこっちのことを憎からず思っているんじゃ……って思っちゃうよね。

けれど勘違いしてはいけない。そんな風に舞い上がって撃沈してきた男子生徒を俺は何人も見てきた。

「待った？」

「ううん、今来たところだよ」

お昼休憩に入ってから、未玖さんと合流する。

当然ながら着ているのはメイド服ではなく、学校指定のブレザーだった。

今日はせっかく文化祭だからということで弁当は持ってきていない。

お小遣いをもらったので、これで何か食べるつもりだ。

最悪コンビニや食堂も視野に入れつつ、一緒に出し物を見て回っていく。

「二年生のクラスで料理があるところは……五組と七組かな」

「ホットドッグとタピオカか……とりあえずタピオカだけでも買っていく？」

「うんっ！」

現金をやりとりするのは生々しいからということで、基本的に文化祭中の買い物は入り口で買う金券によってやりとりをする。

タピオカの値段は五百円だったので、百円の五枚綴《つづ》りになっている金券を二つ渡し商品をもらう。

俺でも知っているお店のものなので、ほとんど利益は出ていないだろう。

「うーん、これは何度も流行《はや》るのも頷《うなず》けるかも」

「普段はギョン茶のタピオカしか飲まないけど、こっちもなかなかいけるね」

タピオカソムリエを自称する未玖さんの話を聞きながら、タピオカを飲む。

もっちりとしたほんのり甘いタピオカと、それを上回る甘ったるさの黒糖の入ったミルクティー。

ドリンクというよりデザートに近いのかもしれない。

ひょこひょことタピオカが上がってくるので油断すると喉がつまりそうだけど、なかなかに美味《おい》しい。

流石《さすが》母さん世代でも流行っていたロングセラー商品なだけのことはある。

「あ、これはどう？」

三年生の方に行くと焼きそばの屋台があった。

値段は四百円。

夏祭り価格な気はするけど、とりあえず食べてみることにした。

「今度は私が出すね」

「そんなの気にしなくていいのに」

「いやいや、そういうわけにはいきませんよ」

焼きそばの味に関しては……うん、まぁ、焼きそばだねって感じの味だったとだけ言っておこう。

その後も出し物を冷やかして回っていく。

「うーらーめーしーやー」

「きゃあああああああああっっ!!」

手作りのお化け屋敷はあんまり怖くなかったけどなぜか未玖さんは超ビビっていたし。

「おめでとうございまーす！　一等賞のチート式です！　一番使える青チートですよ！」

試しにくじを引いてみたら、一等が当たったりもした。

色々と見て回るうち、俺は文化祭は出し物のクオリティを楽しむというよりも、その場の空気感を楽しむ場所なのだということに気付いた。

本職が作るものが見たいのなら、アミューズメントパークに行けばいい。

時間も予算も限られた中で、それでも学生達が頭を絞って精一杯良い物をと作った物を見る。

歌や踊りが下手なアイドルを応援したりするのに近いのかもしれない。

そんなこんなで一日目が終わった。

二日目も御津川《みとがわ》君がボコした不良が報復にやってきたり、和馬《かずま》ハーレムのメンバーが柄の悪い男に絡まれたりする……なんてことはなく。

進学校の文化祭らしく特に問題も起こらずに過ぎていき、俺も問題なく執事姿をそつなくこなし、その姿を未玖さんに冷やかされたりしながら、二日目も空いた時間を使って少しだけ様子の変わった学校内を見て回った。

そうこうしているうちに文化祭の終了時刻となり、一年一組のメイド&執事喫茶は、無事大盛況のうちに終了するのだった――。


文化祭終了後、全校生徒達は体育館に集められる。

そこで行われるのは、この二日間の結果発表だ。

最初にいくつかの小さめな賞の授与式があり……。

「学年優勝は――一年一組！」

「「「おおおおおおおっっ!!」」」

そして俺達は見事、学年優勝を射止めてみせた。

壇上に上がった和馬君がぐっと拳を突き上げると、クラスメイトの皆のボルテージが更に上がる。

飛び上がったりハイタッチをしたりとめいめいに喜びを表現している彼らを、俺は後方でじっと見つめていた。

（うちの出し物、結局最後まで列が途切れることなかったからね……残当だよね）

一応俺も参加した当事者のはずなんだけど、彼らほど目一杯にはしゃぐ気にはなれなかった。

別にかっこつけてるわけじゃない。

むしろこういう雰囲気だと、はしゃがない方がかっこ悪いと思うし。

ただなんというか、上手く輪に交ざるのが苦手なんだよね。

競争自体あんまり好きじゃないし、そもそもが生粋のコミュ障だからさ。

騒ぎすぎて壇上にいる教師達から叱られたりしているうちに式が終わり、そそくさとクラスへ戻る。

帰りのホームルームをやっている間に、ペラリと一枚の紙が回ってきた。

そこに丸い文字で書かれていたのは、この後行われる打ち上げに参加するか否か。

俺は否の方に名前を書き込もうとして……スッとペン軸を右へとズラした。

人と積極的に関わっていくのはあまり得意ではないけれど。

今日くらいは自分のポリシーを曲げてもいいだろう。

放課後残ったりはほとんどしなかったけど、休み時間とか授業中にも結構頑張ったし、それくらいの資格は俺にもあるはずだ。

不参加が多くてせっかくの場の雰囲気がシラケたりしても、面白くないしね。

そのまま流れで打ち上げに行こうとするクラスメイトの皆。

俺はグループを作ったりすることもなく、大河の流れに揺れる小舟のように後をついていく。

「あ、鹿角《かづの》君じゃん、珍しいね」

「まあ、今日くらいはね」

クラスメイトの中には声をかけてくれる人達も何人かいた。

今はもう、大体の人達の顔と名前は一致している。

業務上のやりとりをしなくちゃいけない場面も多かったからね。

普段なら何も話すことがなくそのまま別れるけれど、文化祭という共通の話題があるおかげで、不思議といくらでも話をすることができた。

「そういえばさ、鹿角君って有栖川《ありすがわ》さんと付き合ってるの？」

「そうそう、文化祭一緒に回ってたって聞いたぜ！」

「いやぁ、そんなことあるわけないよ。普通に友達ってだけだよ」

流石思春期男子なだけのことはあり、周りの男子達はすぐに色恋の話に結びつけようとする。

未玖さんとはそういう関係じゃないって、と弁明しているうちに打ち上げ会場にやってきた。

駅前のビルに入っているスイーツビュッフェのお店、スイーツヘブン。

事前に予約を取ってあるここが、今日の俺達の宴会場だ。

クラス全員分の席は確保されている。

皆が着席をしたところで、ごほんと咳《せき》をした和馬君が立ち上がった。

「皆、今日はお疲れ様！　ここの代金を余裕で出せるくらいには稼げたから、今日はお金のことは気にせず目一杯食べてくれ！　それじゃあ後は各自好きなように！」

おぉ、正直お財布的にはちょっとピンチだったから助かる。

ただ飯というだけでテンションが上がってくるね。

自由席の形で皆がグループを作り、めいめいに好きなようにスイーツやパスタを取って食べ始める。

驚いたことに、打ち上げには御津川君の姿もあった。

こういうところはしっかりしているとは流石御津川君、ただの不良じゃない。

俺はわいわいするのは好きではないので、端の方の席を確保して一人楽しむことにした。

とりあえずお腹《なか》を満たすためのカレーとつまめるスイーツをいくつか用意し、飲み物はウーロン茶で行かせてもらう。

甘口なカレーを食べ終えて一息ついていると、空いているはずの向かいの席がガタリと動いた。

「勝《まさる》君、楽しんでる？」

「未玖《みく》さん……うん、まあそこそこ楽しんでるよ」

「せっかく来たんだし、もっと楽しまないともったいないよ。ほら、一緒に行こっ！」

「えっ、ちょっ……」

まだスイーツを食べきっていないのに、未玖さんに連れて行かれるままスイーツコーナーへ。どうやら彼女はスイーツだけでお腹を満たすつもりらしく、お皿の上には所狭しとケーキが並べられていた。見ているだけで胃もたれしてきそうだ……。

俺の方はケーキをいくつかとムース、それとゼリー。第二陣ということもあり面子《メンツ》は控えめだ。

一緒に座り、スイーツに舌鼓を打つ。

暴力的な甘さ。ちょっとくどいくらいの砂糖が、舌をビリビリと刺激してくる。

「普通にケーキ屋さんで食べたりするのとはまた違う美味しさがあるよね」

「うん、それに好きな物を好きなだけ取ってこれるし、定期的に来たくなる良さがある」

食べながら、隣にいるクラスメイト達《たち》と一緒に文化祭の話をした。

準備の時にあったあれこれや、当日に起こりかけたトラブル……。

良いことばかりではなかったはずだけど、こうして思い返すと全部良かった感じに美化される気がするから、思い出ってやつは不思議だ。

「未玖さんはあっちに交ざらなくていいの？」

「うーん、今日は大丈夫かな！」

ハーレムメンバーをはべらせ、あーんをさせている和馬君の方を見て、未玖さんは苦笑いをしている。

けれど彼女はハッとすると、そのまま俺の手元にあるフォークを手に取った。

そしてそのままケーキを持ち上げ……。

「はい勝君、あーん」

「え……ちょっ!?」

「――ふふっ、冗談冗談」

未玖さんはそのままケーキをパクリと自分で食べた。

あ、これっていわゆる間接キスなのでは……？

気付いていないようなので、指摘するのは止《や》めておくことにした。

なんだかちょっと耳が赤い気がするのは、気のせいに違いない。

「ま、勝君！　この二日間、楽しかったよね！」

「そうだね……結構、楽しかったかも」

またやりたいかと聞かれると正直微妙なところだけど、一回くらいはこういうことを経験しておくのも悪くない。

そんな風に思うくらいには、俺も文化祭を楽しめた気がする。

「ねぇねぇやっぱりこれって……」

「どっからどう考えても……ねぇ……」

店内が騒がしいので、ごにょごにょと話しているクラスメイトの声はほとんど聞き取れなかった。

何を言われてるかはなんとなく想像がつくけど……こんな状況じゃ、下手に訂正するのもめんどくさい。

明日からの学校生活を思うと少し憂鬱になるけれど、とりあえず今はドカ食いでもして気分を紛らわせよう。

「よし、三周目行こっか、未玖さん！」

「どんとこい、ごっつぁんです！」

「なぜに力士？」

結局その後もはしゃいで追加で四周ほどしちゃったせいで、俺と未玖さんはその場を動けなくなるくらいギリギリまで胃袋にスイーツを詰め込んだ。

食べ過ぎて翌日は二人ともめちゃくちゃ体調が悪く、一緒に胃腸薬を飲むことになって苦笑いをすることになったりしたんだけど……それはまた、別のお話。

あとがき

初めましての方は初めまして、そうでない方はお久しぶりです。

しんこせいと申す者でございます。

実は自分最近ウイスキーを嗜《たしな》みはじめまして、それに伴って物欲が出てくるようになりました。ただ当初の衝動が落ち着いてきたので、なんとなく欲との付き合い方がわかってきた感じがあります。

たとえば僕が十万円分のお酒を買いたいとしましょう。

この時に十万を使ってパッと買ってしまうのは、多分あんまりよろしくない。

欲というものには際限がありません。パッと十万円を使ってしまえばありがたみもないので、今度は二十万円分欲しくなってしまうのが人間という生き物だと思っています。

では一体どうすればいいのか。

僕個人としてはあまり買いすぎず、ちょびちょび楽しむくらいの頻度に抑えるのがいいのかな、と思っております。

本当に欲しいものであれば、たとえ一ヶ月《かげつ》二ヶ月経《た》っても気持ちは強いままのはずですから、このやり方なら本当に欲しいものだけを買うことができるはずです。

それに十万ドカッと使うのは散財な気がしますが、一年間で十万をちょびちょび使うなら趣味の範疇《はんちゅう》で収まると思いますしね。

中庸、何事もほどほどが大事。孔子ってやっぱすげぇや。

ということで雑談はこれほどにしておきまして。

『引きこもり』の方、楽しんでいただけましたでしょうか？

正直なところ、今作を書き始めた時には、まさかこんなに人気が出るとは思っていませんでした。四半期総合一位に、ハイファンタジー年間一位……『豚貴族』の時は年間一位は取れてなかった気がするので、自己ベストを更新した形になりますね。

自分で言うのもあれな気がするのですが、僕の作品は基本的に変なものが多いと思っています。その時その時に面白いと思ったものを書くというストロングスタイルでやってますので、WEB小説の流行というより自分の流行で書いております。

この作風で皆様に読んでいただけて、本が出せている。

こんなに幸せなことはありません。僕は三国一の果報者です。

謝辞に移らせていただきます。

編集のO様、ありがとうございます。作品数が多くてメールの数が増えてしまいすみません。いつも繊細な気配りに支えられております。

イラストレーターの森沢晴行様、ありがとうございます。勝のドヤ顔が素敵です！

そしてこうしてこの本を手に取ってくださっているあなたに何よりの感謝を。

あなたの心に何かを残すことができれば、作者としてそれに勝る喜びはありません。

次巻予告

無限の可能性を秘めた『自宅』の能力を活かしてダンジョン攻略を進める勝。

『自宅』内に新たに出現した「トレーニングルーム」の驚くべき使い道とは!?

クラス転移したら、なぜか引きこもりの俺まで異世界に連れてかれたんだが2

～俺だけのユニークギフト『自宅』は異世界最強でした～

著：しんこせい　イラスト：森沢晴行

COMING SOON!!!!!

そして勝はいかにして未玖との再会を果たすのか——。

コミカライズ企画も進行中!!

作品のご感想、
ファンレターをお待ちしています

あて先

〒141-0031
東京都品川区西五反田 8-1-5 五反田光和ビル4階
ライトノベル編集部
「しんこせい」先生係／「森沢晴行」先生係

OVERLAP

クラス転移したら、なぜか引きこもりの俺まで異世界に連れてかれたんだが 1
～俺だけのユニークギフト『自宅』は異世界最強でした～

発　　行　2025年2月25日　初版第一刷発行

著　　者　しんこせい
発 行 者　永田勝治
発 行 所　株式会社オーバーラップ
〒141-0031　東京都品川区西五反田 8-1-5
校正・DTP　株式会社鷗来堂
印刷・製本　大日本印刷株式会社

Printed in Japan　ISBN 978-4-8240-1078-0 C0193

オーバーラップ　カスタマーサポート
電話：03-6219-0850／受付時間 10:00～18:00（土日祝日をのぞく）

オーバーラップ文庫
ひとりぼっちの異世界攻略
チートに頼らず、チートを超えろ──
[“最強”にチートはいらない]
高校生活を“ぼっち”で過ごす遥《はるか》は、クラスメイトとともに異世界へ召喚される。気がつくと神様の前にいた遥は、数々のチート能力が並ぶリストからスキルを選べと告げられるが──スキル選びは早い者勝ち。チートスキルはクラスメイトに取り尽くされていて……!?
著 五示正司 イラスト 榎丸さく
シリーズ好評発売中!!

オーバーラップ文庫
天下の大悪人に転生した少年、人たらしの大英雄になる
~傾国の美少女たちと英雄軍団を作ります~
第9回
WEB小説
大賞
銀賞
受賞作!
破滅エンドを回避したいだけなのに……
いつの間にか最強の大英雄に!?
中華風ファンタジーゲーム「剣主大乱史伝」の“天下の大悪人”に転生してしまったことに気付いた黄天芳。十年後にやってくる破滅エンドを回避するためにまず必要なのは、やがて傾国の悪女となる義妹・星怜を救うことだった——!?　ゲームと異なる天芳の行動は、周囲に思わぬ影響を与え始め……?
著 千月さかき　イラスト もきゅ
シリーズ好評発売中!!